TAKE
SHOBO

殿下の子を生んでしまいましたが卵だったので、フロシキに包んで逃げようと思います

竜の卵は溺愛の証明

あさぎ千夜春

Illustration
ウエハラ蜂

蜜猫
MitsuNeko

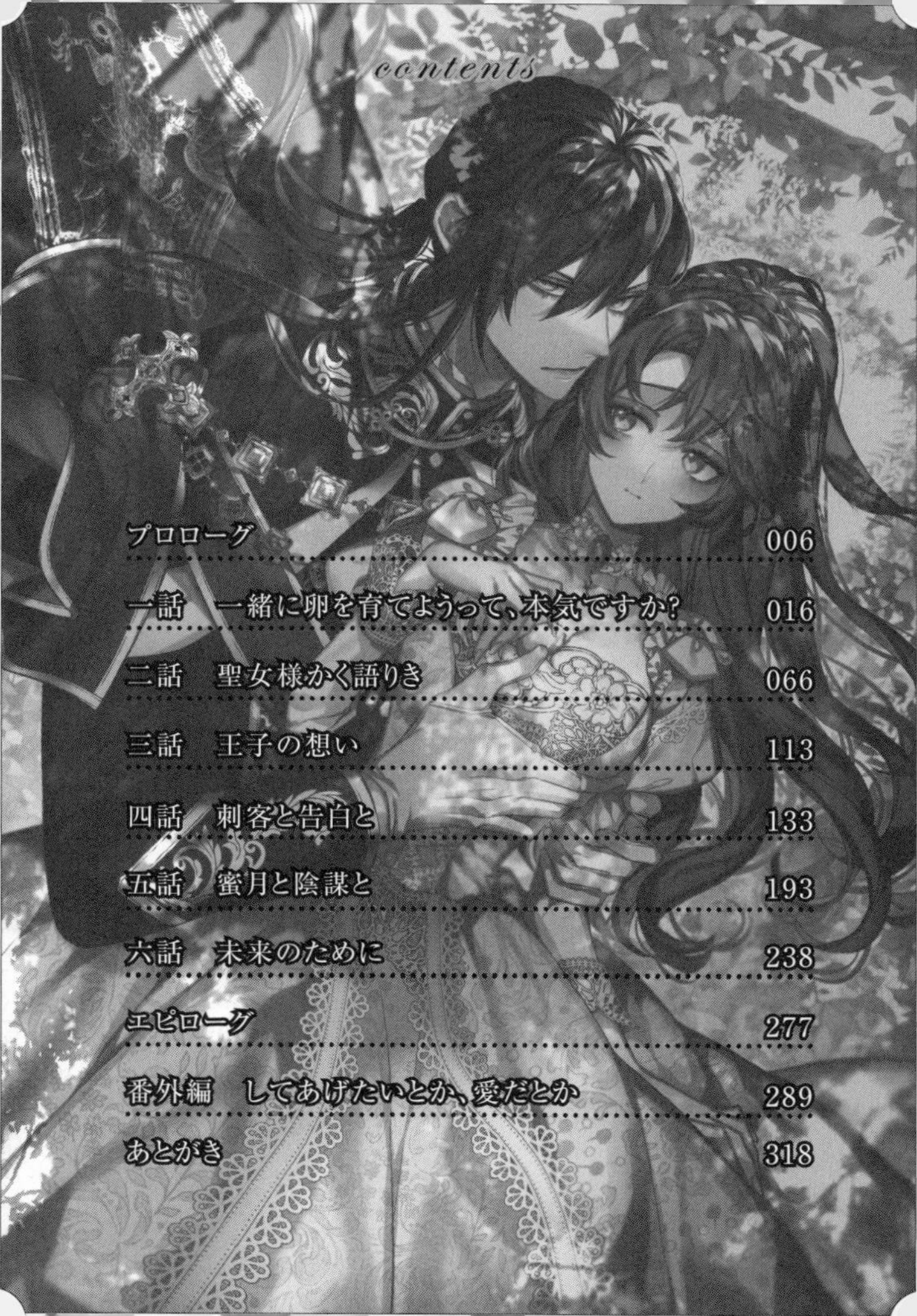

contents

イラスト／ウエハラ蜂

殿下の子を生んでしまいましたが卵だったので、フロシキに包んで逃げようと思います

竜の卵は溺愛の証明

プロローグ

チチチ……。

フレイド士官学校・女子寮の窓の外から、朝の訪れを知らせる鳥の鳴き声と朝日が差し込む。

ようやく寝付いたと思ったらもう朝が来てしまった。

「うそぉ……」

カタリナは軽くうめき声をあげながら寝返りを打ち、二年前、入学時に実家から持ってきた羽根枕を引き寄せ、ぽすんと顔をうずめる。

「ん……うう……ねむい～……」

起きなければいけないとわかっているが、やる気が湧いてこない。ベッドの中でグズグズしていると、カタリナの豊かに波打つ煉瓦《れんが》色の髪がふわふわと敷布の上に広がっていく。

(昨晩は森で狩りをしたけど、成果はさっぱりだったし、妙に興奮して頭が冴《さ》えただけだった。さすがの私もちょっとまいってるのかも……)

ここのところ、カタリナは心身ともに調子が悪い。食欲不振に睡眠不足。おなかの調子もいまいちで、口さがない幼馴染《おさななじみ》たちからは「カタリナが普通の女子の量しかメシを食わねぇぞ」と冷やかされているくらいだ。

「私だって二十歳の年頃の娘なんですからねー！」

と、言い返しはしたけれど、理由は自分でもわかっていた。

幼馴染のひとりであり、我が国の王子でもあるシリウスとの接触を避けるのに、全神経を集中していたからだ。

彼の名はシリウス・ジャック・フレイド。

カタリナが将来仕えることになる、フレイド王国のたったひとりの王子だ。

陶器のようになめらかな白磁の肌に、絹糸に似た艶《つや》やかでまっすぐな黒髪。澄み切った湖を映し取ったアイスブルーの瞳は宝石よりも美しく、鼻筋は細く高く、繊細な造りをしている。形のいい唇は引き結んでいると少し頑固そうに見えなくもないが、女の子たちには『そこがいいのよね』とよく言われている。

長身ぞろいの生徒の中でも、頭ひとつ大きい体は鍛え上げられてたくましく、胸板はぶ厚い。なのに手足はすらりと長く、そのたたずまいはしなやかで優美だった。

とにかくシリウスは誰の目から見ても『完璧な王子様』だが、今のカタリナにはどうしても避けたい、距離を置きたい存在だった。

（自分が仕える王子と『いたして』しまったなんて、絶対にまずかったわ……！）

カタリナは新緑に似た色鮮やかな緑の瞳に憂いを浮かべ、

「はぁぁぁ～！」

と、また大きなため息をつく。

シリウスとカタリナは、王都から遠く離れた『神秘の森』にある王立士官学校で学ぶ学生なのだが、ついひと月ほど前になさぬ仲——具体的にいえば男女の仲になってしまったのだ。

国境を守る辺境伯の娘のカタリナが、フレイド王国のたったひとりの王子と『一度』だけとはいえ体を重ねてしまったのはまずかった。

カタリナは『将来は王宮の近衛騎士になりたいな』と思っている、一般的なご令嬢からはほど遠いじゃじゃ馬娘で、社交界にも足を踏み入れないまま十八で士官学校に入学した。

卒業後もその道に進むつもりでいるので、婚約者もいないし、嫁ぐ予定もない。

だから一夜を共にした殿下に『責任を取れ』と迫るような真似《まね》はしない。

（あの夜の殿下には、人のぬくもりが必要だった……それだけよ）

将来の王の臣下として、自分のような女でもお慰めになったのなら、それでいい。

そう割り切っている。

（だけど殿下は気にしている……。今でも時折、私になにか言いたそうな視線を向けてくる）

彼の切なそうな眼差《まなざ》しを思い浮かべると、さすがのカタリナも気が重くなってしまう。

シリウスは無口なたちだが、口を開くときはいつも適切な言葉を選んで話をする。

誠実で、士官学校で働く平民たちにも穏やかに接するので皆の評判もいい。

品行方正が士官学校の制服を着て歩いているような彼を悪く言う人など、士官学校に入学してから、一度も見たことがなかった。

だがそんな殿下が、幼馴染の女と一夜をすごすという過ちを犯してしまった。

二十一歳の年頃の青年なのだから、そういうこともあるだろう。

忘れてしまえばいいのに、カタリナが気にしなくていいという態度をとったところで、気にしてしまう、そういう真面目な人なのだ。

だからカタリナは徹底してシリウスを避けることにした。

授業中はもちろんのこと、放課後もひとりにならないように女友達の輪の中で過ごして、シリウスを近寄らせない雰囲気を作った。

そして気が付けば『あの夜』から三十日ほどが経過している。

(来月、士官学校を卒業したら、殿下は王都に戻って私は実家に帰る。あとは時間が解決してくれる)

シリウスの物憂げなアイスブルーの瞳を思い出すと、ちくりと胸が痛むが、カタリナの中ではこれはもう終わったことなのだ。

(そう、終わったことなのよ……！)

枕に何度目かのため息を注いで、ようやく起きる気力が湧いてきた。

「よしっ……！」

気合を入れたところで、かつん、と何かがカタリナの頭のてっぺんにぶつかった。

「……ん？」

枕元に文鎮でも置いていただろうかと顔を上げたカタリナは、頭頂部に手をやって何気なくそれを手に取った。

「――」

カタリナの色鮮やかなペリドットの瞳が、まん丸に見開かれる。

そして次の瞬間、

「きゃあああああ！」

絹を裂くような悲鳴が響き渡ったのだった。


「カタリナ、今朝がたの悲鳴はなんだったの？」

「ごめんね、シノ。びっくりさせちゃって」

早朝の厩舎《きゅうしゃ》に、カタリナの謝罪の声が静かに響く。

朝一番の絶叫は、どうやら斜め前のシノの部屋まで伝わったらしい。

カタリナが箒を動かしながらぺこりと頭を下げると、

「ま、おかげで目が覚めたけれど」

シノは軽く肩をすくめて、形のいい唇の両端を上品に持ち上げた。

さすが神秘の国の東洋の姫君だ。ちょっとした仕草も優美で美しい。おおざっぱな自分とは天と地の差がある。

シノはフレイド王国よりずっとずっと東にある東洋の出身だ。

まっすぐな黒髪と切れ長の目が美しい、エキゾチックな女性である。背筋がいつもピンと伸びていて、遠い異国の出身でありながら、黒に金糸の刺繍《ししゅう》を施した士官学校の制服が、誰よりも似合っていると、カタリナは個人的に思っている。

一見とっつきにくいが、話してみると意外にも世話好きで、学校でも寮生活でも、世話になっているのはいつもカタリナのほうだった。

「きっと夢見が悪かったのね。そろそろ卒業だし、悩むこともあるでしょう」

そんなシノの言葉にカタリナは曖昧にうなずく。

「まぁ、ね。でもシノは優秀だし、実家に帰ったらやりたいことできるんじゃない？」

「それはわからないわ。両親や兄上は嫁に行けってうるさいし。フレイドへの留学だって半ば無理やり我を通したようなものだもの」

「そっか……嫁ねぇ……」

「女は苦労するわね。男に生まれたらこの年で結婚しろなんて言われなかったのに」

シノはどこか諦めたようにクスッと笑って、床にちらばる藁《わら》を集めるカタリナの肩をぽんぽん慰めるように叩《たた》く。

「水をくんでくるわ。カタリナは新しい干し草をお願い。あとブラシもね」

「了解」

こくりとうなずくと、シノは厩舎から出て行った。

「女は苦労する、か……」

カタリナは言われた通り新しい干し草を運びながら、周囲を見回して誰もいないことを確認した後、きっちりと首まで留めた制服のボタンを開けて上着の中を覗《のぞ》き込《こ》んだ。

（やっぱり夢じゃないわよね……）

カタリナの真っ白で豊かな乳房の間には、卵がちょこんと鎮座している。

それは鶏の卵よりわずかに小さく、ほのかに温かい。

だがどんな卵とも違うのは、卵自身が虹色に発光しているところだ。まるで貝殻の内側のような、不思議な輝きを放っている。

（文献で見た通り……これって竜の卵だよね。ということは私、よりにもよって殿下のお子を産んだってことなのよね～～～！　あーっ、もうっ、ほんとどうしようっ！）

胸の谷間におさめた卵を見て、カタリナは大きくためいきをつく。

そう、今朝の絶叫の理由はこれだった。

なんとカタリナは『竜の卵』を産んでいた。どうやら寝ている間に、出産していたらしい。

もちろん人は卵を産まない。こんなことを他人に話せば、馬鹿を言うなと笑われるだろう。そのくらい幼馴染たちから『堂々とマジでボケている』と言われるカタリナでも、理解している。

だがカタリナが契ったシリウス・ジャック・フレイドは『ただの人』ではない。竜の血を引く伝説の竜騎士の子孫なのだ。

フレイド王国のなりたちはこうだ。

今から三百年前――ひとりの英雄が騎士の国を作った。

彼の名はフレイド。竜に育てられたと吟遊詩人にも歌われた、大陸最強の竜騎士だった。

当時大陸の半分を領地として治める帝国で歴戦の勇者として名を馳《は》せたが、その名誉を疎んだ皇帝に追放された。だが彼を愛した黒竜がフレイドと共に帝国を出奔《しゅっぽん》し、王国の基礎を作った。そして彼の死後もフレイド王家を見守ったという。

正真正銘、代々のフレイドの王は竜騎士の子孫であり、竜の血族なのである。

ということは、シリウス殿下と契った結果、自分が卵を産んだのなら、これはれっきとしたフレイド王家の子であり『シリウス殿下との間にできた御子《みこ》』ということになるのだ。

（卵……どう見てもこれは竜の卵……！　一夜のあやまちのはずの私との間に御子ができただなんて知られたら、殿下の立場が面倒なことになる……！）

今朝からカタリナを悩ませていたのは、その一点だった。

卵から生まれてくるのが竜なのか人なのかはわからないが、シリウスには士官学校に入学すると同時に、婚約者が定められている。

聖教会が大事にしている神の娘、癒《いや》しの祝福をもった本物の聖女だ。

正式な結婚を前に、許嫁《いいなずけ》をさしおいて自分が子を産んだとなれば教会との関係が悪くなる。シリウスの大事な後ろ盾を失いかねない、最悪な状況だ。

さらに辺境伯である父にも将来のやっかいごとが増えるだろう。彼は辺境伯としてそれなりに権力を持っているが、かといって政治の中枢に立ちたいと思う人ではない。

国境周辺で剣や槍《やり》を振り回して賊を退治したり、魔獣を退治するほうがよっぽど性に合っている肉体派なのだ。

シリウスに関しては、卒業まで避け続ければなんとかなると思っていたが、卵が手元にある以上、のんびりもしていられなくなった。

「……」

カタリナはボタンを留めなおして卵を仕舞《しま》いこみ、こちらを慈しむような目で見つめる葦毛《あしげ》の馬を見つめる。

「――逃げるしか、ないわね」

口に出した瞬間、覚悟は決まっていた。

そう、そしてカタリナは逃げた。

シリウスとの間に生まれた卵を、東洋の美姫《びき》であるシノにもらったフロシキなる包み布に隠し、その日の深夜、闇にまぎれて士官学校を出奔《しゅっぽん》したのである。

一話　一緒に卵を育てようって、本気ですか？

リーヴェン領での朝は早い。夜明けとともにベッドから出て、領地の様子を馬で見て回るのがカタリナの日課だ。学校にいたころは朝が弱かったが今は違う。故郷の空気がカタリナに元気をくれる。

「うーん、やっぱり実家は最高っ！」

カタリナは声も高らかに宣言すると、身支度をして、愛馬にひらりと飛び乗り屋敷を出る。

リーヴェン領は王国の南、豊かな大河である『リーン河』を有する実りの多い土地だ。ちなみにリーン河の向こうが大陸最大の領地を誇る帝国領にあたるが、目を凝らしても向こう岸は見えないほど遠いため、橋は一本もかかっていない。

リーン河は年に一度氾濫を起こし、肥沃《ひよく》な土をこの地にもたらしてくれる。肥料をまかずとも小麦やイモが山のようにとれ、塩分を含んだ草を食べて牛はよく乳を出した。リーヴェン領は酪農と農業が盛んなフレイド一の豊かさを誇る領地なのである。

今日も青々とした見渡す限りの牧草地帯を闊歩《かっぽ》していると、

「姫さま～、おはようございます！」

カタリナの姿を発見した酪農家夫婦が、乳しぼりの手をとめて笑顔で手を振ってきた。

「おはよう、子牛の調子はどう？」

カタリナも元気よく手を振り返す。

「いや～姫さまに出産を手伝ってもらったんで、きっといい乳牛になりますよ！」

夫のほうがデレデレした様子で馬上のカタリナを見上げてくる。

彼の視線はあらさまにカタリナの豊かな胸に注がれていた。

綿のチュニックに藍色に染めた長ズボンを合わせて、ズボンがずり落ちないようにウエストを茶色の太いベルトで締めたカタリナは、いつも泥で汚れたロングブーツを履いて領内を見回っている。化粧もしないし、煉瓦色の髪を後頭部の高い位置でしばるだけで、装飾具《アクセサリー》のたぐいは一切付けない。女らしさとはほど遠い。

だが豊かな胸は隠しきれておらず、魅力的な質量でシャツを下から盛り上げている。カタリナ自身、自分の容姿にまったく意味を見出していないので、無頓着ではあるのだが。

「そう？」

軽く首をかしげたところで、

「ちょっとあんた、姫さまをいやらしい目で見てるんじゃないだろうねっ！」

妻が拳を振りあげて、夫の脇腹を殴りつけた。目にも止まらぬ速さだ。酪農家の妻にしておくのは惜しい。領内の自警団に勧誘《スカウト》したいくらいである。

「ぐえっ……！」

夫がつぶれたカエルのような声をあげて、その場にしゃがみ込む。わき腹を押さえて「うおおお……」とうなり声をあげて非常に痛々しい。

「えっと……ほどほどにね」

「ええ、わかってますよ、姫さま。こんなのでも生まれてくる子の父親なんですからね」

彼女は臨月のお腹《なか》をゆったりと撫《な》でながら微笑《ほほえ》んだ。

この夫婦にはすでに五人の子供がおり、現在六人目を妊娠中なのだ。

「元気な子を産んでね」

カタリナは笑って手を振り、また馬を進める。

領民たちはカタリナの姿を発見すると、皆「姫さま、姫さま」と親しく声をかけてくれる。

「おはよう！　今日もいい天気ね！」

カタリナは身寄りが少ない年寄りの家にも一軒一軒顔を出し、様子を尋ね、ちょっとした大工仕事や料理の手伝いもしている。さらに、領地に魔獣が入り込んだという話を聞けば、カタリナと村の自警団で退治する。それなりに平和な日々だ。

（今日もうちはのんびりしてるわねぇ～……）

カタリナはほっこりと緩い微笑みを浮かべつつ、いつものようにたっぷり時間をかけて領内を見回る。

士官学校にいた二年弱は一度も領地に戻れなかったが、半年前、卒業を前にして突如帰って来たはねっかえり令嬢を、『なにか事情がおありなのだろう』と、領民は以前と変わらず慕ってくれている。これもみな、質実剛健を旨とし領民を最前線で守りつづけてきた、リーヴェン辺境伯の治政のたまものなのだろう。

「さて……そろそろ戻るか。お腹もすいたし。白パンにチーズをたっぷりのせて、あぶったやつ食べようっと！」

そうしてカタリナは、いつものように元気よく屋敷へと戻ることにした。

リーン河を見下ろせる高台にある、リーヴェン伯の屋敷は質実剛健で武骨な屋敷だ。石造りの砦《とりで》を改造しているため、王都に住む貴族のような優雅さはかけらもない。

だがカタリナにとっては生まれ育った愛する城だ。

「ただいまー！」

と歩きながら声をかけると、馬の世話をしていた馬丁の少年がひょっこりと姿を現しカタリナに声をかけてきた。

「姫さま、カーティス様がお呼びですよ〜」

「えっ、父様が？　なんだろう。お腹すいたから、朝ごはんを食べてからでいいかしら。いいわよね？」

「それがどうも大事な用件のようですよ。応接間でお待ちです」

「そう……。仕方ないわね。お前のお手入れはあとでしてあげるからね」

愛馬の手綱を少年に渡し、カタリナはひとり応接間へ向かうことにした。

廊下を歩くと勇ましくブーツの踵《かかと》がカッカッと響く。とても淑女の歩き方ではないが、今更だ。絹の靴では馬も乗れないし、全速力で走れない。

「あ、林檎《りんご》おいしそう！」

「姫さま、お行儀が悪いですよ～！」

「ごめんごめん！」

途中すれ違ったメイドが持っていた林檎をさっと手に取ると、かじりながら思案する。

（王都からって……もしかして兄さまたちになにかあった？）

現在の辺境伯であるカーティス・フォン・リーヴェンには、ひとり娘のカタリナ以外に三人の息子がいる。彼らは全員、十代の後半から王立士官学校に通い、卒業後は王都でそれぞれの得意分野で働いていた。

いずれは長男が戻ってきて辺境伯を継ぐはずだが、カーティスは五十を過ぎても信じられないくらい若々しく、あと二十年はお役目を全うしそうで、長兄はその間は『好き勝手させてもらう』と、開き直っているくらいだ。

ちなみに母親はカタリナを産んで間もなくして亡くなっており、妻を心底愛していた父は後妻を娶《めと》っていない。末っ子のカタリナが淑女らしく振舞わず四男のように行動していることも、多少は嘆きはするが、生き方を変えろとは言わない、いい父親だった。

カタリナはしゃりしゃりと林檎を咀嚼《そしゃく》しながら、

「失礼しまーす！」

と元気よく声をかけてドアを開ける。

「父様、私に用ってな……に……」

カタリナの顔が強張《こわば》る。視線の先、応接間の奥の大理石の暖炉の前に父の姿はなく、代わりに背の高い青年がこちらをまっすぐに見つめ、後ろ手に手を組み立っていたのだ。

空の色をそのまま落とし込んだようなアイスブルーの瞳と黒髪のその男は、騎士団服の上にマントを羽織った旅装ではあるが、優美さを隠しきれていない、とてつもない品がある。

まるで絵から飛び出してきたような美貌だ。

「──カタリナ」

腹に響く低音の声は甘く艶があり、カタリナを動揺させるのに十分な威力を持っていた。

カタリナは持っていた林檎をぽとりと床に落としていた。

「しっ……シリウス殿下っ……！」

なぜ彼がリーヴェン領にいるのだ。

絞り出した声は震えていた。

(嘘《うそ》でしょ……まさかこんなところまで追いかけてきたっていうの……⁉)

頭の中が真っ白になる。

カタリナはごくりと息をのんだ後、発作的に回れ右をして逃げ出そうとしたのだが、シリウスの動きは速かった。ふたりの間にあったテーブルに手をつきひらりと飛び超えると、一気に距離を詰めカタリナを腕の中に閉じ込めてしまった。

「ひゃっ！」

カタリナは悲鳴をあげたが、シリウスはムスッとした表情で詰め寄ると、カタリナの肩を抱く腕に力を込めた。

「もう逃がさん」

アイスブルーの瞳が食い入るようにカタリナを見つめる。その瞳はカタリナを責めているというよりも、置いてけぼりにされた子供のようだ。

「えっと……その……ごめんなさい」

カタリナがぽつりと、謝罪の言葉を絞り出すと、

「――逃げないな？」

念押しするようにシリウスが問いかける。

「はい……」

こくりとうなずくと、カタリナの体を拘束していたシリウスの腕が離れていく。だが彼の手はそのままごく自然にカタリナの手をとり、ぎゅっと握りしめてしまった。

そんなことをしなくてももう逃げないのに、と思いつつも、前科があるので振りほどけない。

「――」

シリウスは何も言わず、無言で手を握ったままだ。

ふたりの間に微妙な時間が流れる。

(どうして何も言わないんだろう)

チラッと上目遣いでシリウスを見上げると、彼は少しだけ目の縁《ふち》を赤くして、少し早口でささやいた。

「外で話さないか？　俺にとっても久しぶりのリーヴェン領だ」

「殿下……」

シリウスの提案にカタリナは目をぱちくりさせた。

シリウスが『久しぶり』と言ったように、かつてカタリナはシリウスと実の兄妹のように過ごしたことがある。

今から十年以上前、豊かなリーヴェン領が療養するのにもってこいの場所だということで、病弱で体も小さかったシリウスを預かることになったのだ。

八歳のカタリナ、九歳のシリウス、そしてカタリナの三人の兄たちはすぐに仲良くなり、五人は実の兄妹のように一年を過ごした。

よほど空気と水が合ったのか、病弱だったはずの王子はみるみるうちに健康を取り戻し、元気に——帰りたくないと泣きながら、一年後、王都へと戻って行った。

カタリナだってシリウスとすっかり仲良くなっていたので、お別れの時は寂しくて泣いてしまった。食事の量がうんと減って、侍女たちが『姫さまが一人前しか召し上がらない！』と嘆いていたのをよく覚えている。

そんなカタリナをかわいそうに思ったのか、はたまた王からの要請だったのか、父カーティスはなにかと理由をつけては、兄妹を連れ王都に行くようになった。

そこでカタリナはシリウスだけでなく、王子のご学友として選ばれたふたりの幼馴染と知り合い、現在に続く親交を深めたのだ。

「あ……うん。そうだね」

カタリナにとっては非常に思い出深い一年だったのだが、シリウスも大事に思っていてくれたと思うと、純粋に嬉《うれ》しい。

「じゃあ、お弁当を用意するから丘の上で食べながら話さない？　私がお腹空いてるの。付き合ってくれたら嬉しい」

「いいのか？」

カタリナの提案に、シリウスはパッと表情を明るくした。信じられないくらい眩しい笑顔に、胸がチクッと痛くなった。じわじわと罪悪感が込み上げてくる。

あまりにも無邪気な様子に、彼を避け続けてきたことが申し訳なくなった。

（シリウスのこんな嬉しそうな顔、久しぶりに見たかも……）

士官学校にいた頃は、シリウスは誰の目から見ても欠点がない優等生だった。

カタリナも幼馴染たちも、それを当然のように受け止めていたが、彼もまだ自分とそう変わらない二十一歳の青年なのだ。

逃げたときはそうするしかないと思ったのだが、間違っていたかもしれない。

けれど今のこの気持ちを、どう説明していいかわからなくて、カタリナはへへ、と誤魔化《ごまか》すように笑うことしかできなかった。

ふたりがやってきたのは、リーヴェン領を見下ろせる高台の上だ。見渡す限りの牧草地で、非常にのどかだ。眼下には多くの牛が放牧されて、のんびりと草をはんでいるのがよく見える。

「カタリナ、ここに座ってくれ」

シリウスは羽織っていたマントを脱いで草地の上に敷いた。

「えっ、そんな座れないよ……」

王子のマントを尻に敷くなど不敬にもほどがある。恐れおののくカタリナだが、

「いいから」

シリウスはカタリナの腕をつかんで、有無を言わさずマントの上に座らせてしまった。

「もうっ……強引なんだから」

カタリナが困ったようにため息をつくと、シリウスはなんだか眩しいものを見るような目をカタリナに向けつつ、隣に腰を下ろした。

「お前に夜露に濡《ぬ》れてほしくないんだ」

そしてシリウスはすっと右手を伸ばし、カタリナの頬《ほお》をそっと指の背で撫でる。

まるで猫でも撫でるかのような気安さだが、当然カタリナの心臓は跳ねあがり頬が熱くなる。

士官学校ではこんなふうに触れたことはなかったのに、なぜ急にこんなことをするのだろう。

（どうして……？）

相変わらずシリウスはカタリナをとろけるような甘い目で見つめて、幸せそうだ。

カタリナは人の心の機微にうといという自覚がある。空気を読んだり、察するという能力もない。言われなければわからない朴念仁《ぼくねんじん》だ。

結局どう反応していいかわからず、

「……えっと、その、ごっ、ごはんにしましょう！」

カタリナは誤魔化すように叫んで、屋敷から持ってきたバスケットを広げた。

リーヴェン領は酪農が盛んなため、チーズやバター、ハムなどの加工品が非常に美味である。

それらをオリーブの実と一緒にたっぷりとパンに挟みこみ、隣に座っているシリウスに差し出す。

「はい、どうぞ」

「ありがとう」

シリウスはサンドイッチを受けとって、そのまま大きな口を開けてぱくりとかぶりついた。片膝を立てて口いっぱいにモグモグと咀嚼《そしゃく》している彼を見ると、なんだか妙に幼く見える。

朝のさわやかな風が吹き抜けて、シリウスの絹糸のような黒髪を揺らしていった。

今、目の前にいるシリウスは二十一歳の青年だが、九歳の男の子だった頃が自然と思い出されて、カタリナの胸を締め付ける。

(きれいだな……昔もよくこうやって、一緒に朝ご飯を食べたっけ)

そう、シリウスは初めて会った時から、きれいだった。初めて父親から紹介されたときは、王子は本当は女の子じゃないかと思ったくらいだ。

(なんだか胸が苦しい……変なの)

カタリナは野イチゴをつまんで口に運ぶ。お腹が空いてペコペコだったはずなのに、なぜか胸がいっぱいだった。

カタリナが黙り込んでいる一方、サンドイッチを食べ終えたシリウスが少し眩しそうに目を細め、眼下を見下ろす。

「ここの景色は変わらないな。俺の好きなリーヴェン領だ。カタリナと、俺と……おまえの兄たちと……無邪気に遊んでいた頃と、まったく変わらない」

懐《なつ》かしそうに領内を見下ろしているシリウスを見て、カタリナは観念した。

王子にここまでさせてしまった自分が情けない。こうなったらきちんと話すしかない。

「──シリウス。ごめんなさい」

カタリナはうつむき、ごく自然に謝罪の言葉を口にしていた。カタリナとしては、まずは謝ってからと思ったのだが、それを聞いてシリウスの表情が一変する。

こちらを見て、苦しそうに眉根を寄せた。

「ごめん？　なぜ謝る。いや……俺が聞きたいのは、なぜ、俺から離れたかだ」

「それは……きゃっ……！」

いきなりシリウスに体当たりをするように抱き着かれて、体勢を崩したカタリナは、そのまま仰向《あおむ》けに倒れてしまった。いきなり押し倒されてカタリナの心臓が跳ねる。

「ちょっとまって、あの」

「なぜ、なぜ……俺の前から消えたんだ……！　そんなに俺が、嫌いなのか⁉」

シリウスは抵抗を封じるようにカタリナの肩を押さえつけ、叫んでいた。まるで身を引き絞るような突然の咆哮《ほうこう》にカタリナは息をのむ。

（嫌いだなんて……そんなことあるはずないのに）

違うと言わなければと思うのに、突然シリウスから情熱をぶつけられて、言葉が出ない。

黙り込んでいると、シリウスがカタリナの頬を両手で挟み、顔を近づけてきた。

頭上から、さらさらと静かな雨のように、艶やかな黒髪が零《こぼ》れ落《お》ちてくる。

「カタリナ……俺を見ろ！　俺を見るんだ！」

まっすぐにこちらを見つめてくるシリウスの目が燃えていた。

青い星だ。

頭上で爛々《らんらん》と輝くシリウスの瞳に、あの夜のことが自然と思い出されて――。

（そういえば……あの夜にもこんな目をしていたっけ……）

あれは、雪がちらちらと降る夜のことだった。

＊＊＊

夜遅くまで訓練所で木剣をふるっていたカタリナは、稽古の相手だったシノと一緒に大浴場で入浴を済ませたあと、それぞれの部屋の前で別れた。あと一時間もすれば日付が変わる、そんな時間だ。

「シノ、おやすみ」

「おやすみ、カタリナ。明日の授業、寝坊しないようにね」

「努力する」

笑ってドアノブを引き、部屋の中に入る。

（あれ……？）

締めきったはずの部屋の窓が少し開いているのか、カーテンがそよそよと揺れていた。

なんとなく異変を感じ目を凝らす。

（――誰か、いるの？）

フレイド王立士官学校はフレイド王家縁《ゆかり》の地である、人里離れた森の奥にある。周囲には村もなく遊べるような娯楽施設もない。いるのは五十人程度の学生と学校関係者だ。

ちなみに貴族の子弟と平民出身の生徒の割合は半々で、これは同じ学級で身分の差なく学べるようにと竜騎士王が定めた原則《ルール》であり、その割合は三百年変わっていない。

質素倹約を旨とし、貴族であっても身を飾る宝石一つ持ち込めない。武を学ぶ学校であるからして当然なのだが、盗賊が来るには割に合わない、そういう場所だ。

（もしかして男子生徒……？）

カタリナは士官学校を卒業した兄たちから『野郎どもは女なら誰でもいいから気をつけろ』としつこいくらい注意を受けていた。

考えただけで最悪だが、女性がいなさ過ぎて『本当に誰でもよく』見えるらしい。

ちなみに今いる女子生徒は全部で十人。

カタリナは男勝りでまったく『モテる』とは縁がないが、シノやほかの女の子たちは積極的に男子生徒に声を掛けられて、正直困っている風だった。

（誰でもいいからって私の部屋に忍び込むだなんて、ほんと誰でもいいんだっ、うわ、最低っ！）

同じ生徒だとしたらあまり大事にはしたくないが、黙ってどうこうされるわけにもいかない。

（とりあえず気絶させて、窓から捨てよう。うん、そうしよう！）

雪がちらつく夜に物騒なことを考えつつ、間合いをはかるためにじりっと後ずさったところで、カーテンの奥が大きく揺れ、ひとりの長身の影がゆらりと姿を現した。

「カタリナ……すまない。俺だ」

たとえ姿がはっきり見えなくても、その麗《うるわ》しい声を聞き間違えるはずがない。

「えっ……でっ、殿下っ⁉」

驚いたカタリナは、持っていたお風呂道具をチェストの上に置いて、そのまま窓際に駆け寄っていた。

「どうされたんですか！　ここ、私の部屋ですよ⁉」

頭ひとつ高いシリウスの腕をつかみ、彼の顔を見上げる。

寝る直前だったのだろう。シリウスは生徒全員に与えられている、質素な綿の夜着の上下を身に着けていた。うつむき目を伏せているせいか、髪が顔を覆ってよく見えない。思い切っていつもきちんと後ろで結っている彼の髪を、そっとかきあげ後ろに流すと、傷心しきった様子のシリウスの顔が現れた。

「殿下……」

彼のこんな顔を初めて見た。その顔を見て、なにか大事件が起こったのだと気づいた。

カタリナはそのままシリウスの腕をつかんで、壁際のベッドの上に座らせ、自分も隣に腰を下ろす。

「なにがあったんですか」

「……父上が、王が、亡くなった」

「えっ……？」

「さっき伝令が来たんだ……間違いない」

そしてシリウスは両手を頭の中に差し込んで、また崩れるように背中を丸めてしまった。

いつも堂々としているシリウスらしくない態度に、茫然《ぼうぜん》とする。

だが当然だろう。父親が亡くなったのだ。

（あの王様が……）

現在のフレイド王はシリウスの父である。だが随分と前から体調が思わしくなく、ここ五年ほどは王弟殿下が執政として政治を担っていた。

カタリナは幼馴染の中で一番の年下だが、王子の入学に合わせて、幼馴染たちと一緒に四人で士官学校に入学したという経緯があった。その入学時、王様は四人を枕元に呼んで、

『この国のためによく学びなさい。そして友を……大事にしなさい』

とお言葉を下さった。

たった一度の謁見だったけれども、カタリナは二年前のあの時間を、昨日のことのように覚えていて、今でも励みにしているくらいだ。

しかし、王が亡くなったのであれば、ひとり息子であるシリウスはここで勉強どころではない。王子としてやるべきことはたくさんあるはずだ。

「すぐに王都に戻らないと……！」

慌てて立ち上がろうとしたところで、

「帰ってくるな、との遺言だった……！」

シリウスは身を引き絞るように叫び、そのままカタリナの腕をつかんで引き寄せた後、立ち上がった。

「父上は『誉ある竜の末裔《まつえい》として学びを放棄することは許さぬ』とのことだった！」

「そんな……」

茫然とするカタリナを見て、シリウスは感情を押し殺したようにくしゃりと顔を歪《ゆが》める。

「父上は立派だ、本当に立派なお方だ……。だが……俺は……」

そしてシリウスは、また震える声を押し殺しながら、うつむいてしまった。

「殿下……」

普段は無口で、滅多《めった》に感情をあらわにすることがないシリウスが、ひどく傷ついているのを見て、彼がなぜここに来たのかわかった気がした。

一つ年上の兄貴分のところでもなく、同い年の友人でもなく、一番年下の自分のところに来たのは、弱音を吐きたいからだ。

彼には他に弱みを見せられる相手がいないのだ。

(だったら私が支えなきゃ……)

カタリナはゆっくりと息を吐いて、必死に涙をこらえているシリウスの腕をそっと撫でる。

「殿下……私にできることはありませんか?」

「……っ」

カタリナの問いかけに、シリウスはビクッと体を震わせた。

「私なら、と思って来てくださったんでしょう。大丈夫。私は殿下の味方ですよ。ずっと……小さいころから、友達でしょ?」

そして思い切って、シリウスの上半身をぎゅうっと抱きしめていた。

抱きしめた瞬間、シリウスは少しだけ体を強張らせたが、カタリナの腕を振りほどいたりはしなかった。

(そう……私にとって、シリウス殿下は大事なお友達よ)

シリウスは、小さいころは喜怒哀楽がはっきりしていたが今は違う。

王子として恥ずかしくないように振舞っているのだろう。物静かで思慮深い。そういう自分であろうと努力している。

そんな王子が自分しか弱音を吐けないのなら、受け止めたかった。

「殿下……」

ゆっくりとたくましい背中を撫でると、肩のあたりに顔をうずめたシリウスが嗚咽《おえつ》をかみ殺している気配がした。

そうやってしばらく抱き合っていると、おそるおそる……シリウスの手がカタリナの背中にまわる。

「——お前は……あたたかいな……カタリナ」

少しかすれた鼻声で、シリウスがつぶやく。

「お風呂に入ったばかりだから、ポカポカしているのかも」

本当は、寝巻き越しのシリウスのたくましさに触れてドキドキしているからなのだが、さすがにそんなことは言えず、適当に誤魔化す。

「そうか……」

シリウスはクスッと小さく笑って、それからゆっくりと顔を上げカタリナの目をまっすぐに見つめた。

彼のアイスブルーの目にはうっすらと涙の膜が張っていた。形のいい鼻先がほんの少しだけ赤くなっているのが、幼いころ、泣き虫だった小さなシリウスを思い起こさせる。

(すごく立派になって……強くなったけど……やっぱりシリウスはシリウスだわ)

ただ腕の中のシリウスが愛《いと》おしい。かわいいと思う。

そう思いながら彼の背中を撫でていると、シリウスがぽつりとつぶやいた。

「ぬくもりが欲しい」

「……え?」

「今晩は、ひとりでいたくない……お前が欲しい……カタリナにそばにいてほしい」

シリウスがぎゅうっと眉根を寄せて声を震わせる。

ぬくもりが欲しいと切望するシリウスからは、普段の王子様然とした仮面ははぎ取られていた。

「殿下……」

シリウスの瞳が、熱に浮かされたようにゆらゆらと月光に照らされ煌《きら》めいている。

彼の珍しい色の瞳は亡くなった母君譲りらしい。遠い異国の出身で、王にとっては数人いる側室のひとりだった。だが王家には彼以外王子はいない。正妃と側室含め、無事成人したのはシリウスだけだ。

その後、王がシリウスを甘やかさず厳しく育てたというのは父や兄から聞いていたが、やはり彼はずっと孤独だったのだ。

「わかりました、殿下。一緒にいます」

カタリナがそっとシリウスの頬に手をのせると、シリウスの目がまた切なそうに輝く。

「お前、意味はわかっているのか……？」

少し困ったように笑うシリウスの目が、ゆらゆらと揺れていた。

朴念仁なカタリナだがこの状況での『お前が欲しい』という言葉の意味はわかる。

小さくうなずいて、彼の目をじっと見つめる。

「わかっています」

「だったら……もう殿下はやめてくれ……シリウスと……昔のように、呼んでほしい。お前だけは、他人行儀にならないでほしい」

シリウスの右目から、押し出されたように、つうっと一筋の涙が頬を伝ってこぼれ落ちた。

彼の涙を見たのは久しぶりだった。

リーヴェン伯領に連れてこられて『帰りたい。お母さまに会いたい』と泣く小さなシリウスに向かって、『私がずっとそばにいるよ』と指切りをしたことを思い出す。

子供の言う『ずっと』なんて、あてにはならないのだけれど、その時のカタリナは本気でそう思っていたはずだ。

なんだか無性に懐かしくて、切ない思い出だ。

「ええ……そうね。シリウス……そばにいるわ。約束したもんね」

敬語をやめて、幼馴染のカタリナとしてそばにいる。

将来、王になる人だからとかそういうのは忘れて、ただの幼馴染としてカタリナはシリウスを見つめた。

(シリウスの力になりたい)

それはカタリナの昔からの願いだった。

「――カタリナ」

シリウスが唇を震わせながら、おそるおそる、カタリナの鮮やかな緑の瞳を見つめる。

そして気が付けば、どちらからというわけでもなく、吸い寄せられるように唇が重なっていた。

最初はこわごわだった。それから何度も確かめるようにキスをして、見つめあい、また唇を重ねた。そうやって唇がくっついたり離れたりしているうちに、シリウスから与えられる熱が大きくなっていく。

「は、ん……っ」

彼の舌が唇を割って入ってきて、カタリナは身もだえしながらそれを受け止めた。

「ああ……カタリナ……俺の、カタリナ……ッ」

シリウスは何度も唇を押し付けながら、愛おしそうに名前を呼んでキスを繰り返す。

背の高いシリウスがカタリナの頬を両手でしっかりと押さえて、覆《おお》いかぶさるように口づけてくるせいで、すぐに首が痛くなってしまった。

（く……苦しい……）

シリウスはすでに成人した男性で、王子だ。閨《ねや》の教育は義務として受けているだろうがカタリナは違う。経験があればうまく振る舞えたかもしれないが無理だった。

少しの間は我慢したが、このままでは首が折れそうだ。

そうでなくてもシリウスはたくましい。カタリナは無我夢中と言わんばかりに口づけてくるシリウスの胸のあたりを、どんどんと叩いていた。

「シリウス、待って……その……首が、痛いわ……」

「あっ……すまない」

シリウスは慌てたように体を起こして、それからカタリナをじっと見下ろした後、軽く身をかがめてカタリナを抱き上げベッドに下ろす。大人しく横たわったままのカタリナの上に馬乗りになり、またじいっとカタリナを見下ろしてきた。

その視線の強さにカタリナは苦笑する。恥ずかしいのと、照れくさいのと、半々だ。

「あんまり見ないで。穴が開きそう」

「……それは、無理だ。お前をしっかりと目に焼きつけたい……」

そしてシリウスは自分が着ていた簡素な夜着に手をかけてバッと上手に脱ぐと、同じくカタリナが着ていた夜着に手をかけゆっくりと持ち上げていく。冷えた空気に素肌がさらされて、カタリナは思わず身震いしてしまった。

あらわになった上半身を見て、シリウスが息をのむ。

「――きれいだ」

「あっ……」

風呂上がりで、当然体を締め付けるようなものは身に着けていない。士官学校の女子でネグリジェを着て寝る女の子などひとりもいないし、シュミーズすら着ていなかった。

思わず両手で胸を隠すと、シリウスが慌てたようにその手首をつかみ、顔の横に縫い付けるように押し付ける。

「だめだ、隠すな」

シリウスは感極まったように熱っぽくささやきながら、カタリナの人一倍豊かな胸に顔を寄せ、胸の谷間に口づけを落とし、ゆっくりと胸の周りを円を描くように舌を這《は》わせていく。

時折ピリッと肌を吸われる感触がして、カタリナは思わず身もだえしてしまった。

「シリウスッ……」

だがシリウスはやめてはくれない。

「真っ白で大きくて……丸くて……ふわふわして、柔らかい……」

それどころか熱心にカタリナの胸を見つめて、うっとりしているではないか。

「なんてきれいなんだ……ああ、カタリナ……ずっと触れてみたいと思っていた」

「えっ……？　ずっとって、あ、きゃっ……！」

気が付けば、シリウスの美しい唇が胸の先端を含んでいた。

舌がねっとりと乳首にからみつき、カタリナの全身に淡い快感が広がっていく。

「あ、やっ……んぅ……」

思わず悲鳴を上げてしまったカタリナは、とっさに手のひらで自分の口元を覆っていた。

（こ、声我慢、しなきゃっ……）

女子寮に学生は十人しかいない。荷物に書物が多いという理由でわざわざ北向きの部屋を選んでいる子もいるので、左右の部屋は空いているが、斜め前にはシノの部屋がある。

カタリナは声を出さないようぎゅっと唇をかみしめたが、そこからのシリウスの胸への愛撫《あいぶ》は長かった——。

「っ、あっ……はぁっ……」

長い時間、シリウスに胸をなぶられている。気が付けばカタリナの胸でシリウスが舌を這わせない場所はないほど濃密に、蕩《とろ》けるように愛されていた。

「カタリナのここ……尖《とが》りきって、かわいいな……」

シリウスは丹念に乳首の先を舌先でつついたり、全体を舐《な》めあげたりしながら、ちゅうちゅうと吸い上げるのがずいぶん好みらしい。もちろんもう一方の乳首は、シリウスの少し固い指先で優しくこすったり、ゆさぶられたりしている。

「あ、あんっ……は……んっ、……」

「カタリナ……」

もう、吸われているのがなんなのかわからないくらい、カタリナの体はぐずぐずになっていた。全身がじんじんと痺《しび》れて動けない。外は雪がちらつくほど寒いはずなのに、シーツの上で踊らされている自分の体は、ドロドロの熱の塊のようだ。

とりあえず自分の口から漏れる嬌声《きょうせい》を我慢するのが精いっぱいだ。

「ああ……お前の美しい胸に、たくさん、痕がついた」

シリウスはそう言って切れ長の目を細めると、大きな手で胸をつかみ、尖らせながら軽く先端に歯を立てる。

「ひっ……」

ビクンと背中をのけぞらせると、シリウスはもう一方の手で宥《なだ》めるようにカタリナの脇腹を撫でて、そのままショーツへと手をおろしていく。

「こっちはどうだ……?」

指がショーツの紐《ひも》を引っ張って解き、あらわになった秘部へと這い、淡い茂みをかいくぐって花弁の中に滑り込んだ。柔らかなひだをなぞっていくそれが、さらに快感を煽《あお》るようにくちゆくちゅと水音をたてる。

「すっかり濡れそぼって……とろとろだな」

「まって、や……あ……っ……」

なにがどうなっているのかわからないが刺激が強すぎる。

胸をもまれたり吸われたりしてる時とは違う、もっと直接的で強い快感に、カタリナはびくびくと体を震わせながら、シリウスの肩を押していた。

「待たない」

シリウスはしゃぶりつづけていた乳首からようやく顔をあげると、涙目のカタリナを見下ろして甘く瞳を煌めかせる。

「俺の指を感じてくれ、カタリナ……」

そしてカタリナの額に唇を寄せながら、そうっと中指で蜜口から溢《あふ》れ出《で》る蜜をかきあつめると、そのまま花芽を爪ではじいた。

「ひっ……」

強い刺激にカタリナが太ももを震わせると、

「入れるぞ……」

その指を蜜口に押し当て、ゆっくりと中に挿入していく。

「あぁ……」

シリウスの指の感触に、カタリナははぁっと息を吐きながら、こちらを心配そうにうかがっている彼を見上げた。

「大丈夫か」

「……うん」

カタリナは小さくうなずいた。実際、痛みはまったくない。ただ腹の奥にシリウスの意志で動くものがあるのはわかる。シリウスはじっとカタリナの顔を見下ろしつつ、少しホッとしたように微笑むと、

「これが、カタリナの中か。ああ……熱いな……」

シリウスは中の感触を確かめるようにゆっくりと指を動かし始めた。ぐるりと円を描きながら、先端をまさぐるようにして、さらにゆっくりと奥へと指が入っていく。

「アッ……！」

腹の裏のあたりだろうか。彼の指に押されて体がびくりと震えた。

なんだかおかしい気がする。

「そこ、へん、だから、あのっ……」

「ああ……そうだな。あとでじっくりかわいがろう。まずはよくなってくれ」

シリウスはそう言って穏やかに目を細め、もう一方の手の親指で、ゆっくりと花芽を上から押さえ、左右に揺さぶり始めた。

「あ、んっ、うそ、はっ、はぁ……んんっ……」

シリウスの指が花芽をこすりあげ、揺さぶり、ちゅく、ちゅくと激しい水音が響く。熱い蜜壺の中では相変わらず彼の指がぬるぬると出し入れされている。

「ん、ああっ……」

それはいとも簡単にカタリナを強い快楽へと高めていった。

「カタリナ……気をやりそうなのか？」

「あぁっ……あ……ッ……」

シリウスが問いかける言葉が頭に入ってこない。足がビクビクと震えて、全身にゾクッと淡い快感が走り続けている。

「こっ、こえ、らめ……あっ……」

彼の指が自分のはしたない部分に触れて、自分ばかり淫らな声を上げている。いやいやと首を左右に振ると、シリウスはアイスブルーの瞳をきらめかせながら、ゆっくりとカタリナに顔を近づけた。

「舌を出すんだ、カタリナ。からめていれば、声もでないだろう……」

「あ……んぅ……」

言われた通り、口を開けて舌を伸ばすと、シリウスの熱い舌がゆっくりと先から奥をぞろりと舐めあげた。

（気持ち、いい……）

シリウスの舌も指も、蕩けるように甘い。だがただ甘いだけではない。さんざんなぶられている秘部から、腹の奥がぎゅうっと締まる感覚がした。

「あ、ああ、あッ……ふうっ……」

立てた膝がガクガクと小刻みに震え始める。自分ではもうどうにもならなかった。

「――イクんだな……ああ……イってくれ、俺の指で……」

シリウスの指が一気に奥へと差し込まれる。

「ッ……！」

強い刺激に目の前が真っ白になり、背中が弓なりにのけぞった。シリウスの指を呑み込んだままの蜜壺がぎゅうぎゅうと彼を締め上げる。

（あ、あ、やだ、変に、なっちゃう……！）

カタリナの悲鳴はすべて彼の口づけが呑み込んで、ただカタリナは白く光り輝くここではないどこかに意識を飛ばし、そのまま数秒して、ぐったりとシーツに沈みこんでいた。

「ン、ハッ、ハァッ、ハァッ……」

どれほど剣をふるっても、これほど苦しくなったことは過去一度もなかった気がする。カタリナの心臓は信じられない速さで鼓動を刻み、息が上がる。

「――カタリナ……」

そんなカタリナを見てシリウスは満足そうに目を細めた後、濡れた自らの指先をぺろりとなめて、

「お前の中に入りたい」

とかすれた声でささやいた。

「――え？」

ぼうっとする頭でシリウスを見ると、彼は穿いていた夜着のズボンを脱ぎ、下着の紐をほどいて完全な全裸になった。その瞬間、ぶるん、と彼の屹立《きつりつ》が跳ねあがるように飛び出し、へそのあたりにぱちんと音を立ててぶつかったのを見て、仰天してしまった。

（なにそれ！）

カタリナには兄が三人いる。小さいころは一緒にリーン大河に裸で飛び込んで泳ぎもしたから、男性の全裸だってみたことがある。だがそれはあくまでも子供の頃の話だ。

「シリウス……その、それ……なに……？」

顔に似合わず凶暴なそれに、カタリナは思わず息をのむ。

「お前の中に入りたくて、ずっとこうなってた」

そう言って、シリウスは敷布の上に両ひざをつき、カタリナの両ひざの裏をしっかりと支え

ながら持ち上げた。

「あっ……！」

開かれた両ひざが自分の顔の横まで近づいてきた。

（は、恥ずかしい……！）

大きく広げられたそこがあらわになって、蜜に濡れたそこがキラキラと輝いているのが視界に入る。思わずカタリナは顔を背けてしまった。だがシリウスはそれを許さない。

「目を逸《そ》らさないでくれ、カタリナ。俺がお前の中に入っていくところを見ていてほしいんだ」

懇願するようで、命令のようにも聞こえる。

さすが生まれながらの王子としか言いようがない。こうなるとカタリナは逆らえなくなってしまうのだ。

「え……うぅ……うん。わ、わかった……」

正直いって受け入れられるのかはなはだ疑問だが、女は度胸と言うではないか。カタリナはこくりとうなずいて、顔を正面に向けた。

「じゃあ……いくぞ」

決意に満ちたカタリナを見て、シリウスがごくりと息をのみながら、屹立の先端を上からカタリナの蜜口に押し当てる。だが彼の肉杭は狭い蜜口に抵抗されて、にちにちと音を立てながら、槍のようにしなりはじめた。

（えっ、ぽきっと折れない……？）

カタリナはびくびくしながら、それを見つめる。

男の体の構造などよくわからない。熟練の相手ならまだしも、自分は処女だ。

やはりシリウスの相手としては不十分だったのではないか、そう思った次の瞬間――。

シリウスのアイスブルーの瞳の色が、濃くなった。

彼の壮絶な美貌に、その一瞬だけ殺意のようなものを感じたのは、彼の血に流れる竜のせいだろうか。

「シリウス……？」

思わず名前を呼ぶと、彼の目の奥の瞳孔がぎゅうと小さくなり、濃く色を変える。

「ああ……カタリナ……」

つぷ、と先端が蜜口に押し込まれ、指とは違う圧倒的な太さにカタリナが息をのんだ瞬間、上からのしかかるようにシリウスは肉杭を根元まで押し込んだのだった。

「あ――ンッンッ！」

カタリナの悲鳴が、そのまま覆いかぶさってシリウスの唇に呑み込まれる。

体が裂けた、死んだ、冗談抜きでそう思った。

だがカタリナの体は裂けてはおらず、シリウスのおそるべき大きさのソレを難なくおさめていた。

「ああ、カタリナッ……」

間もなくして、シリウスが呼吸を乱しながら、カタリナを突き上げる。

「入ったぞ、お前の中に、やっと、やっとひとつになれた……！」

ギッシ、ギッシ、ギッシ、と激しくベッドがきしむ音の中に、ふたりの肌がぶつかる音と、結合部からあふれ出す水音が混じり始める。

腰を高く持ち上げられているせいで、ふたりが繋《つな》がっている部分が丸見えだった。しかも上からのしかかるように体重を掛けられて、口づけまでされているから息が苦しい。

「んっ、んう、んふっ……んんっ」

しばらくお互いの舌を舐め合っていたところで、頭がぼうっとし始めた。

（なんだか、ふわふわ、してきた……）

カタリナはぼんやりと腰を打ちおろす、シリウスを見上げる。

当然痛みはあるのだが、シリウスの肉棒はなぜか硬いくせにしなやかで、出し入れするたびにカタリナの中のいいところをこすり上げて、じわじわと全身に淡い快感が広がっていくのだ。

また気をやりそうで、恥ずかしい。

「はっ、あ……うっ……あ……」

カタリナはぎゅうぎゅうと唇をかみしめてなんとかこらえようとしたのだが、それを見てシリウスがごくりと息をのんだ。

「カタリナ、すまない……俺も、ああ……俺も……ッ……」

カタリナの両膝を抱えていた手を離し、カタリナの顔の横に両肘をつくと、ぴったりと体を密着させたまま、下半身を突き上げる。

「あ、カタリナ、俺を、俺を、見てくれっ……！」

ギリギリまで引き抜いて、また押し込む。

ただがむしゃらに、突いて、こすり上げ、揺さぶっていく。

「カタリナ、カタリナ……ッ！」

お互いの舌を吸い上げ、舐めて、噛《か》みつきながら、シリウスの暴力に似た抽送に合わせて腰を揺らしていると、指でイカされた時よりも強いなにかが、押し寄せてくる。

「あんっ、んっ、ンッ、ん～……ッ！」

「クッ、あ、ああっ……で、るッ……！　俺の、子種が、カタリナッ……お前の中にっ……！」

シリウスがぎゅうっと切なそうに眉根を寄せて、全身を強張らせる。そして次の瞬間、ビクビクと震えながら腰をカタリナの最も奥に押し付けて、ズン、ズン、と激しく突き上げる。

「あ、あ、シリウスッ……」

カタリナは無我夢中でシリウスのたくましい首の後ろに腕を回し、ぎゅうっとしがみついていた。

体の奥に、シリウスが吐き出した熱いものが流れ込んでくるのがわかる。

（子種……シリウスの、子種……）

妻でもないのにこんなことをしてしまっていいのだろうか。

偉大なるフレイドの始祖はこれを許すのだろうか。

ほんの一瞬、不安がよぎったけれど、目をつぶっていた。

（そうよ。私の腕の中にいるのは、ただのシリウス……孤独なひとりの青年よ……王子様じゃない、大事な幼馴染を慰めているだけなんだから……）

そう、そしてカタリナはシリウスの子種を受けてしまったのだ。

たった一夜のことだからと――。

＊＊＊

明け方、目を覚ました時にシリウスの姿はなかった。それもそうだ。女子寮に男性がいたなんてバレたら、風紀を乱したということで退学もあり得る。たとえ王族や貴族であっても特別待遇はない。

ほっとした気持ちと同時に、なんだか少し寂しくもあり、自分で自分の気持ちがよくわからなかった。

そしてカタリナはそれ以上考えるのをやめてしまった。

シリウスには聖女という許嫁がいる。だから『あれは一夜のあやまち』として受け入れるしかない。

シリウスは大事な幼馴染で、将来仕える王になる男だ。たとえひと時でも彼の孤独を癒せたのならよかったと自分に言い聞かせた。

実際、卵を産むまでは、それでいいと思っていたのだが——。


（なのに、ここまで追いかけてくるなんて……）

カタリナはぎゅっと奥歯をかみしめながら、シリウスを見上げた。

リーヴェン領の豊かな自然の中で、彼はどこか寂しそうに見える。

「ごめんなさい、話をするから、手を離してもらえる？」

それを聞いてシリウスはほんの少しだけ腕の力を緩めると、じっと食い入るようにカタリナを見下ろした。

（……少しやつれた？）

相変わらず光り輝くような美貌ではあるが、よくよく見れば彼の目の下にはうっすらとクマがあり、頬は少し肉がそげている。

彼の顔を最後に見たのは半年前だった。だが避け続けた三十日ほどの間はじっくり顔を見ていなかったので、やはり彼の中で何かが欠けて、変わっているように思える。

「痩せたのは、私が逃げたせい？」

そう言いながら彼の頬に手を滑らせると、シリウスは少し困ったようにその手を取り、そのままカタリナの手のひらにキスをした。

「お前のせいじゃない。俺の気持ちの問題だ」

やはり王子としての彼を苦しめてしまったようだ。

「そう……」

申し訳ないなと思いつつ、カタリナは上半身を起こす。

腹をくくればもうあとは正直になるしかない。シリウスに嘘はつきたくない。

カタリナはその場にきちんと座りなおして、シリウスを見つめた。

「正直に話すわ。あのね、私、あなたの子供ができたの。それで逃げたの。説明もせずに逃げてごめんなさい」

「――え？」

その瞬間、シリウスの切れ長の目がまん丸になった。

そしてその視線がカタリナのベルトを巻いたまっ平な腹部に移動して、数秒後、顔面がサーッと紙のように白く変化する。しかもブルブルと小刻みに震え始めたではないか。

「だったら、子は⁉ 俺たちの子は流れてしまったのか……？ 俺は、なんてことを……」

顔を覆って打ちひしがれている。あまりの動揺ぶりを見て、カタリナは慌てて首を振った。

「違う、違うの！」

「違うって……だが、お前の体は！」

シリウスがカタリナの腹部に手を伸ばす。

たしかに半年以上前に契って子ができたのなら、お腹は大きくなっていいはずだ。シリウスの混乱も理解できるが、この中にはもうなにもない。

カタリナはふうっと息を吐き、まっすぐにシリウスの目を見上げた。

「私、卵を産んだの」

「…………………は？」

基本的に不愛想で無表情極まりないシリウスが、突然ポカン顔に変化した。

さきほどまでの緊迫した空気はどこへやら、鳥たちが、ぴちゅぴちゅと鳴きながら頭上を気持ちよさそうに飛んでいく。

「たまご……」

とつぶやいたのを最後に、シリウスはそのまま、完全に固まってしまった。

正直こんな顔をカタリナは見たことがなかった。少なからず学校生活を送っていた二年では初めてだ。なんだか新鮮だな、と思いつつカタリナは言葉を続ける。

「竜の卵よ」

「りゅっ……竜……りゅうって、竜?」

若干、声が裏返っている。かなりの衝撃のようだ。

「言葉で説明するより、見せるほうが早いわね」

カタリナはそう言って、胸元のチュニックのリボンをゆっくりと解く。

次第にあらわになるカタリナの豊かな胸の稜線《りょうせん》を見て、シリウスがごくっと喉を鳴らしたが、カタリナはそれに気づかないまま、胸の谷間に大事におさめていた袋を取り出した。

それはシノからもらったフロシキなる東洋の包み布を改造して作った卵入れだった。首から皮ひもを繋いで下げて、落とさないよう胸の谷間に挟んで温めているのだ。

カタリナは袋からそうっと卵をつまみだし、両手の上にのせ、相変わらず微動だにしないシリウスの目の前に差し出した。

「これよ、シリウス。ぴぃちゃんよ」

「ぴ……?」

アイスブルーの瞳が、虹色に淡く輝く卵を凝視している。

最初は戸惑いの色が濃かったが、次第に冷静さを取り戻していく。

「ぴぃちゃん。仮名だけどそう呼んでるの。やっぱりこの状態でも名前は必要でしょう？」

ぴぃちゃん（卵）はカタリナの両手の中で温かく息づいていた。

「この輝き……確かに……これは、竜の……卵、だな？」

シリウスが卵に顔を近づけて、何度も瞬《まばた》きする。

「ええ。私たちの子なの」

「──産んだのか……お前が……これを……？」

シリウスがすらりと長い指で卵を指さした。

だがカタリナはそれが不満で、少し唇を尖らせる。

「これって言わないで、ぴぃちゃんって呼んで。卵だから聞こえないかもしれないけど、モノ扱いはよくないと思うわ」

そんなカタリナを見てシリウスは慌てたように姿勢を正す。

「すっ、すまない……ぴぃちゃんを……その、カタリナが産んだんだな？」

「そうよ。気づいたらするっと産んでたの」

「気づいていたら……？」

「ええ。安産だったみたい。今までたくさんの馬や牛のお産を見てたけど負けてないわね」

カタリナは真面目にうなずく。牛の出産は手伝ったことは何度もあるが、自分が卵を産むと

は思わなかった。

シリウスに話したことで、急に偉業を成し遂げたような気がして、カタリナはちょっとだけ誇らしい気分になる。

また卵を袋に戻し、胸元に大事に仕舞いこんだ。

「でもね、このことはまだ誰にも話してないの。シリウスが初めてよ。そのうち父さんや兄さんに相談しようとは思っていたけど……どう説明していいか、悩んでいて」

卒業間近にして士官学校を飛び出してきたカタリナを見て、とうぜん父カーティスは渋い顔をしたが『そのうち話すけど今は話せない事情がある』というと『お前を信じよう』と受け入れてくれた。

てっきり子供の頃のようにゲンコツで叱られると思っていたカタリナは拍子抜けだったが、おそらく並々ならぬ意気込みで士官学校に入学した娘がそこまで言うのならと、呑み込んでくれたのだろう。そのまま父親に甘えて領地で過ごしていたわけだが、王子がここにやってきたなら本人には話すしかない。

「だって、竜の卵なんて誰も見たことがないでしょう?」

「そうだな。俺も文献で見たきりだし、今のフレイド王家には竜がいない」

ようやく落ち着きを取り戻したらしいシリウスが、しっかりとうなずいた。

カタリナなりに文献を色々と漁《あさ》ってみたが、竜は希少種でその生態も明らかにされていない。

竜は特定の番《つがい》を持たず単体で卵を産むと言われているが、竜に雌雄があるのか、それすらわかっていないくらいだ。

ただ強い魔力を持ち、百年以上生き、群れず人には懐かない。

だがまれに竜に愛される人間がいて、そういった人間だけが竜騎士になることができ、竜を飼い慣らすことができる。それゆえに、竜騎士がひとりいれば一万人の兵の価値があるのだ。

実際、竜騎士を抱えている国などそう多くない。大陸の三分の一を支配下に置く帝国ですら、竜騎士を数人抱えている程度と聞いたことがある。生まれつき魔法を使える魔法使い同様、竜騎士はたいへん希少な存在なのだ。

「とりあえず毎日こうやって温めているけど、現状変化はないわ。ただ生まれてくる子がなんであれ、私は母としてこの子を育てるつもりだけど、それをシリウスにどうこうしてほしいとか、そういうのは今のところ考えてないの」

「なるほど……」

わかったようなわからないようなあいまいな返事をして、シリウスはそれから無言で卵を見つめ、微動だにしなくなった。

ただその美しい青い目だけが、目まぐるしく卵とカタリナの間を行ったり来たりしている。

シリウスは頭脳明晰《めいせき》で冷静な男だが、さすがに状況を飲み込むのに時間がかかっているようだ。

だがカタリナ的には、とりあえず黙っていたことを打ち明けられたことで肩の荷がおりた。

（まぁ、これでシリウスがわかってさえくれればあとは今まで通り……）

なんてのんびり考えていると、

「よし。一緒に育てよう」

シリウスが突如、とんでもないことを口走った。

「えっ？」

当然カタリナは耳を疑った。この人はなにを言っているのだろう。

「今、なんて？」

「俺は、カタリナと一緒にたまっ……ぴぃちゃんを育てる。俺が父親ならなおさらだ」

彼ははっきりともう一度そう言って、戸惑うカタリナの手を取り引き寄せた。

「いや、そうじゃないでしょ、一緒にって、どこで⁉」

「勿論《もちろん》、王都ナパールでだ。決まっている」

彼の発言に、カタリナはなおさら目を丸くした。

「いやよ、私はここにいる！　ぴぃちゃんだって渡さないわよ、私が産んだんだもの！」

「いいや、俺はお前を二度と離さないと決めた。もう悩むのはやめだ！」

きっぱりと言い切ったシリウスは、腹をくくったように立ち上がる。

「カーティスにも話を通して了承を得る」

「そんな……！」

彼の黒髪がサラサラと風になびく。こちらを見下ろす凛《りん》とした眼差しは美しく、勇ましく見えたがそれどころではない。

カーティスはシリウスを気に入っている。恐れ多いので口には出さないが『息子』のひとりのように思っているはずだ。父を味方にされるとカタリナも分が悪い。

「ちょっ、ちょっとシリウス……！　待って、勝手に決めないでよ！　私がぴぃちゃんを連れて逃げた理由、いちいち説明しなきゃわからないの⁉　あなたには婚約者がいるじゃない！」

カタリナも負けじと立ち上がり、シリウスに詰め寄った。

シリウスの婚約者は、自分でも代わりが務まるような、有力貴族の娘だとかそんな生半可な相手ではない、教会との結びつきを強くするための選ばれた聖女だ。聖女はその人柄と癒しの力で国民人気も高く、シリウスにふさわしい女性だと聞いている。

「子供ができたからって、私は側室になったりしないわよ！」

「側室……って、そうじゃない、俺は――」

シリウスがもどかし気に首を振って、こちらに手を伸ばしてくる。

手をつかまれたが、カタリナはすっかり頭に血が上っていた。

「だから嫌だって言ってるでしょ！　私の気持ちも考えてよ！」

跡継ぎのため王が正妻以外に側室を持つのは当然だとカタリナも理解している。

だが何事も順番と根回しが必要で、自分が一足飛びに『殿下の卵を産みました』で側室になるのは、政治に混乱をきたす。

せっかくの聖教会の後ろ盾を失ってしまうかもしれないのだ。

遠い異国からきて側室になった彼の母がどれだけ苦労したか知らないはずもないのに、なぜ王都で一緒に卵を育てると言うのか、訳が分からなかった。

「シリウス、私は辺境伯の娘よ。王家に仕えて当然の身だけれど、だからって強引にどうこうしようなんて思わないでほしいわ！　なによりこの子は確かにあなたの子かもしれないけれど、まずは私の子なのよ！　私が産んで、この半年間ずっと肌身離さず温めてきたんだからねっ！はい、話は終わり、さようなら！」

カタリナは彼の手を振りほどいて立ち上がると、転げるように丘を駆け下りていた。

（バカバカ、シリウスのバカッ！　王になるあなたを大事に思っている、私の気も知らないで、バカーッ！）

「待ってくれ、カタリナ！」

背後からシリウスの声がしたが、カタリナは一度も振り返らなかった。


そうしてカタリナが部屋に閉じこもるという強硬な態度をとったおかげで、シリウスはひとりで王都に戻ることになった。

娘のかたくなな態度を見て、父カーティスなどは呆《あき》れた様子で「王子はお前を必要とされてここに来たんじゃないのか」と大きなため息をついていたが、仕方ない。どうやらシリウスは、卵のことは伝えていないらしい。

ホッとしたがやはり本当のことはいえない。

「これでいいの！」としか答えようがなかった。

確かにシリウスに必要とされていたかもしれないが、それは彼のためにならないのは明らかだ。

（さすがにもう、諦めてくれるわよね……）

だが生物の頂点に立つという竜の末裔は、引き下がると言う言葉を知らないらしい。

それから間もなくして、カタリナがまったく予想していなかった提案をしてきたのである。

『辺境伯令嬢カタリナ・フォン・リーヴェンに、王子の許嫁である聖女ルシアの護衛を任じる』と――。

二話　聖女様かく語りき

リーヴェン領から王都ナパールまでの道のりは、通常であれば四頭立ての馬車で十日ほどの距離だ。だが王家の馬車ゆえに馬は道行きでどんどん交代するので速度は落ちず、結果七日ほどで到着となった。

「カタリナ、そろそろ王都が見えて来るぞ」

目の前に座っているフィルがそう言って、窓にかかっているカーテンをちらっと開ける。

「あ、そう」

プイッと反対側に顔を逸らすと、

「まだむくれているんですか。納得して僕たちの迎えの馬車に乗ったんじゃないんですか？」

カタリナの隣に座っているネイトが呆れたように肩をすくめた。

ふたりとも、襟にフレイド騎兵団を表す竜をあしらった徽章《きしょう》をつけた、濃紺の騎士団服を身にまとっている。

上品できめ細やかな織の生地を惜しみなくたっぷりと使い、袖や襟には銀糸で縁取りと刺繍が施され、背中には竜が翼を広げた意匠が描かれている、国中の小さな男の子や若い女性が憧れる、美しい騎士団服だ。

当然、騎兵団の団長はシリウス王子その人である。

（卒業したら、私もこれを着る予定だったのに……）

そう思うと、なんだか自分だけ仲間外れにされている気がして、悔しい。

フィルとネイトは、幼いころから王都で一緒に遊んだ幼馴染だ。

将来は三人で王になるシリウスを支える予定だったが、カタリナが卒業を前にして士官学校を飛び出してから、久しぶりの再会になる。

「そりゃ、納得はしたわよ……でも、本当にいいのかなって……ちょっと迷ってるの」

カタリナは黄色のドレスの胸元を手のひらで押さえながら、目を伏せる。

豊かにもりあがった柔らかな胸の谷間には、ちょこんとフロシキ袋で包んだ卵が眠っていた。

カタリナが着ている淡い玉子色のドレスの胸元は、一応レースのストマッカーを当てているが、これは卵を隠すための目くらましのようなもので、豊かな領地をもつ辺境伯令嬢にしては恐ろしく簡素なドレスだ。

体を締め付けて砂時計のような体型をつくるコルセットは嫌いで、ほとんど身に着けたことがない。あんなものをつけて剣が振り回せるはずがない。

なのでカタリナが身につけるものは、基本的にはシュミーズと布製の柔らかいコルセット、そしてアンダースカートを一枚つけている程度の簡素なドレスだ。いつだって馬に乗れるように、足元も絹の靴ではなくブーツである。王都で暮らすというのに、舞踏会や晩さん会にふさわしいドレス一枚、持ってきていない。

「聖女つきの騎士になるのがやっぱり嫌なのか？」

今度はフィルが長い足を組んで優雅に頬杖《ほおづえ》をつき尋ねる。

「違うわよ。聖女様に仕えることに、文句があるわけじゃないわ。むしろ聖女様が殿下の幼馴染の私のことを不愉快に思うんじゃないかって……それが心配なのよ」

カタリナはそう言って、背もたれのクッションにもたれかかりぼんやりと天井を見上げた。

そう――。

つい先日、話し合いを一方的に切り上げたカタリナだが、シリウスはすぐに幼馴染で腹心であるふたりにすべてを打ち明け対策を講じたようだ。

七日前、突然ふたりがリーヴェン領にやってきてカタリナに新しい提案をした。

シリウスから命じられたのは、なんと側室になることではなく『聖女の護衛』だった。

さすがのカタリナも仰天したし『行きたくない』と突っぱねたが、今度ばかりはカーティスもカタリナの意見を受け入れてはくれなかった。

『城にあがって王族を守るのは、かねてからお前の望み通りだろう。行ってこい』と言われれば、受け入れざるを得なくなった。

有無を言わさなかった父親の顔を思い出すと、自然と子供のように唇が尖る。

「側室だったら絶対に行かなかったけど護衛だし……でも聖女様は気にされるだろうと思って」

聖女の立場になって考えると、いささか気まずいものがある。

「王子の幼馴染の女登場で、恋敵と思われないかってか？　聖女様はそういうこと気にされないんじゃねえか。なんてったって聖女だし」

「なんなの、それ。適当おおざっぱなフィルに聖女様のなにがわかるのよ。女心は複雑なのよ」

自分だってまともに恋愛もしたことがないのに、女心を説いてしまった。だがカタリナ以上に朴念仁が服を着て歩いているようなフィルには、このくらい言ってもいいはずだ。

「まぁ、そう言われりゃ俺に女なんてさっぱりなんだけどな！　アハハ！」

案の定、フィルは短い髪をクシャクシャとかき回しながら、大笑いしてしまった。

彼は干し草色の髪と同じ色の目をした、太陽の生まれ変わりのようなあっけらかんとした男だ。年は二十二歳で幼馴染グループの中では最年長だが、考えるよりも先にまず体が動く、カタリナとよく似ている猪突猛進《ちょとつもうしん》型である。

年長者としてどっしりと構えたところもあり、いつ何時でも頼りになる。ちなみにフィルの父は公爵だ。上に兄と姉がいて、彼自身は爵位に執着が薄く、日々剣の腕を磨いている快男児といったところだ。

「――聖女ルシアは、カタリナの三つ下の十七歳で、少々の怪我《けが》や病気は祈りで治してしてしまう本物の聖女です。十八歳になったら殿下の正妃として迎えられる予定で、現在は殿下の離宮で暮らしておいでです。正妃になることは聖教会側からの提案でしたが、聖女が望んだ条件はただひとつ、『婚約期間中でも教会で暮らしていたときと同じように、王都ナパールで奉仕活動をすること』でした。許嫁になったこの二年間も、その活動は続けています」

「立派なかたね」

見目麗しい王子と結婚して贅沢《ぜいたく》ができるだとか、正妃として権力を思うがままにふるうだとか、そういうことはまったく考えていないらしい聖女に、カタリナは好意をもっていた。

だがネイトは違うようだ。

「少々立派過ぎるとは思いますがね」

かけていた片眼鏡《かためがね》を外して、胸元に仕舞いこみ持っていた本を閉じる。

「なにそのイヤミな言い方」

「僕は女性をあまり信用していないので」

「私も？」

「カタリナは女ではありませんよね」

さらっと失礼なことを言われたので、カタリナは無言でネイトの腕のあたりをこぶしで殴る。

「いったっ……」

彼は痛みをこらえたうめき声をあげたが、聞こえないふりをした。

もうひとりの幼馴染であるネイトは二十一歳の青年で、癖のある銀色の髪と紫水晶のような美しい瞳を持つ、中性的な美青年だ。シリウスと同い年で、カタリナのひとつ年上であり、剣も使うが才能はほぼ頭脳に全振りされているような秀才で、若干口が悪い。

だが根っこは心優しい青年だということを、幼馴染たちは全員知っている。彼の生家は、先祖代々フレイド王家の金庫番と称される宰相の血筋だが、フィル同様卒業後はフレイド騎兵団に入団していた。

フィル、シリウス、ネイト、そしてカタリナ。この四人は王とそれぞれの親の意向もあり、最年少のカタリナが十八歳になると同時に全員で士官学校に入学し、二年近く苦楽を共にした。性別や年齢を超えた親友だった。

「それにしても、聖女様が命を狙われてるって、本当なの？」

カタリナは窓の外の流れていく景色を眺めながら、手持無沙汰に足を組んで頬杖をつく。

そう、聖女の護衛というのは建前ではなかった。

あからさまに守っているという物々しい雰囲気ではなく、ごく自然に彼女のそばにいて、いざという時に守ってほしい――というのが本音らしい。

聖女は奉仕活動を使命としているため、大げさに護衛されたくないのだとか。

「正直、聖女が空気を読んで城の中でじっとしていてくだされば、こんなことをしなくても済んだんですがね。なにしろ今の殿下にはお味方が少ない。前王が亡くなって半年たつというのに、即位の予定も立てられない。そんな中、聖女に何かあれば、あっという間に殿下はその責任を問われ、王の資格なしと断罪されるでしょう」

「ロアン公がシリウスを認めてねぇからな～」

フィルが両手を首の後ろにおいて、組んだ足の先をぶらぶらさせながら悔しそうに眉根を寄せる。

ロアン公は亡くなった王の実の弟であり、シリウスにとっては叔父なのだが、病弱だった王にかわって執政を司《つかさど》っており、実質フレイドの最高権力者だ。

シリウスがこれまでなんとか王子として今まで生き延びられたのは、王都ではフィルの父親である公爵の力が大きい。とはいえ公爵ひとりでは、王族であり長く執政をつとめたロアン公やその取り巻きに逆らえない部分もある。依然シリウスは微妙な立場だった。

しかも最近ロアン公が『側室としてフレイドに来た時から、異国の姫君は孕《はら》んでいた可能性がある。シリウスはフレイド王家の血を引いていないのではないか』などと、周囲にほのめかしていて、シリウスの立場は悪くなる一方だった。

もちろん、そんなのは何の根拠もない中傷だ。時系列から考えて、シリウスの母が妊娠してこの国に来たと言うのは嘘八百なのはわかっている。

だが国一番の権力者であるロアン公が『疑問』を呈すれば、白も黒になる。

「シリウスのお母さまが、後ろ盾のない女性だったからって、王の子じゃないなんて、ひどいちゃもんよ。本当は喪が明けたらただちにシリウスが即位するべきなのに……」

「ロアン公はなんだかんだ理由をつけて、即位は早いと横やりを入れてます」

ネイトが不機嫌そうに眉根を寄せる。

「聖女を直接狙うことはないと思いたいですが、彼に気に入られるために聖女を傷つけようとする不届き者は存在するでしょう。だからカタリナ、なにがなんでも聖女を守るんですよ」

「――ええ、わかったわ」

カタリナはうなずいて、腰に下げている細身の剣の鞘《さや》に触れた。

士官学校入学前に兄たちから贈ってもらった、大事な剣だ。

「あとその、たま……御子の存在も知られないように気をつけろよ」

フィルがポリポリとこめかみのあたりをかきながら、カタリナの胸元あたりにうろうろと視線をさまよわせ、ぽつりとつぶやく。

「勿論よ。ぴぃちゃんはロアン公からしたら目の上のたんこぶ、聖女様以上に排除したい存在でしょうからね」

カタリナはふんっと鼻息を荒くしながら、卵をそっと手のひらで押さえる。

こうやってふれると、胸の上に収まったぴぃちゃんのぬくもりに、勇気が湧いてくるのだ。

ちなみに幼馴染たちには、リーヴェン領に迎えに来てくれた時に卵を見せている。

研究熱心で勉強家のネイトなどは、

『ここ百年近く、わが国で竜の卵は観測されていないんですよ！　ぜひ観察させてください！　ぜひ！　ぜひ！』

と目の色を変えて詰め寄ってきたが、不穏な空気を感じたカタリナは当然それを却下した。

我が子を知識欲の化身のような男に渡したら、どうなることか。恐ろしすぎる。

一方フィルは『へー！　キラキラしてきれいだな！　楽しみだな、早く生まれねーかな！』とあっけらかんとしたもので、幼馴染が竜の卵を産んだことすらさらっと流すような豪胆ぶりだった。

とにかくカタリナ的にはシリウスの側室になる気もないし、我が子を渡すつもりもない。

そもそもシリウスは健康な成年男子なのだから、今後正妃や側室との間に子を残すことができるはずだ。もし万が一、遠い未来に御子ができそうにないという状況になれば、その時はまた話し合えばいい。今すぐ結論を出す必要はない。

聖女ルシアはいまだに城下町に出て人々の話し相手になり、傷を癒す活動を辞める気はないという。それが聖女としての彼女の使命だからだ。

（だったら私も、ふたりの間に起こったことはいったん忘れて、シリウスを立派な王にするためにこの剣をふるおう）

カタリナは馬車の窓から、遠くに見える王都を見て、シリウスへの忠誠心を強くするのだった。


城内に入った馬車は、そこからさらに離宮へと向かった。

シリウスが住んでいるのは、かつて王子を産んだ功績で彼の母が与えられた二階建ての離宮だ。豪華絢爛《けんらん》というわけではないが、おちついたたたずまいをしていて、かつて異国の姫を慰めるためにつくったという広大な庭園がある。季節の折々には美しい花が咲く、優しい宮だ。慈《いつく》しみの聖女にふさわしい場所といえる。

現在、シリウスと聖女ルシアやその侍女たちが暮らしているのだが、今日からカタリナも聖女の護衛で寝起きを共にすることになる。

もともと質素な生活を好むシリウスの希望で、身の回りの世話をする人間はそう多くない。庭師まで含めて、たったの二十人程度だ。そこにルシアが教会から連れて来た侍女が三人。彼女たちは敬虔《けいけん》な信者であって、当然剣などもったことがない。

そこに新たにカタリナが聖女付きの護衛として配属されるのである。

責任は重く緊張するが、怖気《おじけ》づいてはいられない。全力を尽くすのみだ。

「じゃあ私、聖女様にご挨拶に行ってくるから」

馬車から降りてすぐ、カタリナは幼馴染ふたりにそう告げた。

「シリウスには会わないのかよ。たぶんお前のこと待ってるぞ」

「こないだ会って話したし……また今度でいいわ」

「ですがカタリナ……」

フィルとネイトがなにか言いたげな表情になったが、カタリナは左右に首を振った。

「私の使命は聖女を守ること、でしょ？」

我ながら少し頑固すぎるかもしれない。だがまだ気持ちの整理がつかないのだ。

「──じゃあね」

カタリナはもやもやする気持ちを振り切るように、スタスタと螺旋《らせん》階段をのぼって、聖女が与えられている二階の南向きの部屋へと向かう。

螺旋階段をのぼる途中には絵が何枚かかけられていた。

「シリウスのお母さま……」

懐かしいものを見て、思わず足が止まってしまっていた。

かつて王が宮廷画家に注文して描かせた妃の肖像である。腕には生まれたばかりらしいシリウスを抱いている。

シリウスの黒い髪はフレイド王家には多いが、アイスブルーの目は母譲りらしい。おだやかな表情でこちらを見る彼女から、落ち着いた人となりが感じられる。この絵を見るのは久しぶりだが、王が彼女を大事に思っていたのが伝わる、いい絵だった。

（シリウスのお母さまのお姿を、私はうっすらとしか覚えていないけれど、優しくて……でもどこかはかない方だったな）

階段の手すりに手をのせ、目を伏せる。

小さいころはこの螺旋階段の手すりを誰が一番早く滑り降りられるかと、幼馴染で遊んだこともあった。当然、危険な遊びなので侍女たちにすぐに見つかって全員大目玉だったが、そんな日々も今思えば、美しく懐かしい思い出だ。

（ああ、そういえば……）

カタリナは懐かしい場所に来て、士官学校に入学する直前、ここにやってきた日のことを思い出していた。

「——カタリナ！」

士官学校の入学を前にしての王への謁見を終えた後、カタリナを呼び止める声があった。

「はい」

振り返ると、シリウスが小走りに駆け寄ってくる姿が目に入る。ついさきほどまで一緒にいるフィルとネイトの姿はなかった。彼一人らしい。

士官学校の詰襟の金釦を首元まできっちりと留めたシリウスは、艶やかな黒髪を複雑な形に編み込んでいて見目麗しい。同じ意匠の制服を着ているはずなのに無性に眩しく見える。

最近のシリウスはもう子供の頃とは違って、カタリナよりずっと背が高くなり逞《たくま》しく成長している。小さいころは自分の方が大きくて彼の手を引いて歩いていたはずのに、なんだか少しだけ寂しい。これは感傷だろうか。

「もう帰るのか?」

「――いえ、兄たちのところに顔を出そうかと。一年ぶりですし」

するとシリウスはひどく真面目な顔になって、カタリナに詰め寄った。

「だったら俺が屋敷まで送ろう」

「えっ、殿下がですか? いいですよ、城下ですし、それほど遠くないですから」

カタリナはプルプルと首を振った。

三人の兄たちは、王都の中にある辺境伯の屋敷で共同生活を送っている。父からも『様子を見てこい』と頼まれているのもあるが、協調性にかける兄たちがちゃんと暮らしているのか、気になっていたのだ。

だがそれを聞いて、シリウスは凛々《りり》しい眉をぎゅっと寄せて顔を近づける。

「女性がひとりで出歩くのは危ない」

ひどく真面目な顔をしているシリウスに、カタリナはつい笑ってしまった。

「そんな……私を女扱いするのは殿下くらいですよ」

社交界デビューもしていない自分が周囲から『リーヴェン辺境伯の四男』と笑われていることをカタリナは知っている。今着ている士官学校の制服だって、女性用は膝が隠れるほどの長さのスカートなのだが、一般的な貴族令嬢からしたら、『足を出してブーツを履くなんていい結婚ができるはずがない』と思われているのだ。

だがそんなカタリナの発言を聞いて、シリウスははぁ？　と眉をひそめる。

「馬鹿を言うな。俺にとって……カタリナは出会った時からずっと……」

こちらを見る目が妙に熱っぽい気がする。

「ずっと？」

いったいなにを言われるのかと緊張していたら、シリウスは切れ長の目を細めて、顎の下に拳をあててふっと笑った。

「いや、そういえば、お前は普通の女らしくなかったな」

「もうっ……！」

思わず彼が尊い身分であることを忘れて、胸のあたりを突いてしまった。

シリウスはそんなカタリナの手を取って、楽しそうに笑い声をあげる。

「怒るなよ。だってそうだろう？　出会った最初から、王子である俺のことを子分にしてあちこちを連れて歩いたじゃないか」

「子分になんかしてませんってば！　年の近い子と一緒に遊べるだけで、本当に嬉しかったんですよ」

八歳のカタリナは、ひとつ年上のシリウスの手を繋いで、リーヴェン領のあちこちに遊びに行った。大げさでも何でもなく、毎日ずっと一緒だった。シリウスと過ごした一年は、本当にカタリナにとって得難い一年だったのだ。

(本当に、可愛《かわい》らしかったのよねぇ……)

当時、シリウスを王子と知らない旅の画家から、絵のモデルになってくれないかと言われたこともあった。シリウスはひどく恥ずかしがって結局断ってしまったのだが、当時のカタリナはそれがとても残念だったことをよく覚えていた。

そうやって物思いにふけっていると、シリウスがカタリナの肩に軽く手をのせる。

「――なぁ、カタリナ。少しでいいんだ。屋敷に行く前に、俺の離宮に寄ってくれないか」

その目はとても真剣で有無を言わさぬ迫力がある。普段あまり自分の要望を口にしないシリウスには珍しいことだった。

「離宮ですか？　はい、わかりました」

急いでいるわけでもないし、断る理由もない。カタリナはこくりとうなずき、先に歩き出した広いシリウスの背中を追いかけていた。

離宮の螺旋階段の下でシリウスは頭上を見上げた。壁にはシリウスの母の肖像画が飾られており、優しい微笑みを浮かべてこちらを見下ろしている。

「カタリナ。俺には夢があるんだ」

「夢、ですか?」

「ああ。母のような寂しい人を生み出さない、そんな平和な世を作ることだ。その夢をかなえられる、立派な王になりたい」

シリウスの母君は今は国の名すら残っていない少数民族の姫君だったらしい。王子を生んでもどこか慎《つつ》ましく、表に出たがらない女性だったと父から聞いていた。シリウスは母の姿を見て育ったからこそ、優しい青年に成長したのだろう。

そんなシリウスをカタリナは心から誇らしいと思う。

シリウスに仕えられる自分は幸福だ。結婚して女の幸せを得ることなど、彼のそばにいられることに比べたら些細《ささい》なことに違いない。

「俺はまだ年は若く経験は浅いが、父上に安心して後を任せてもらえる男になりたい。士官学校で、自分をさらに鍛えるつもりだ。だから……俺を手伝ってくれるか、カタリナ」

シリウスが肖像画の母親から、隣に立つカタリナに視線を向ける。

そのアイスブルーの瞳はとても真摯で、若い情熱に燃えていた。

あまりにも眩しくて、誇らしくて。カタリナの胸は彼に仕えられる喜びでいっぱいになる。

「はい。もちろんです!」

カタリナは強くうなずき、そしてシリウスをまっすぐに見上げる。

彼はもう小さな少年ではない。王への一歩を確実に進み始めている、若き王子なのだ。


——シリウスのそばを離れない。

そう決意して入学したのに、志半ばでカタリナは士官学校を出奔してしまった。

(私たち、ずっと一緒だった……これからもそうだと思っていた)

カタリナは螺旋階段の手すりを懐かしそうに撫でながら、唇を引き結ぶ。

確かに彼の側室になれば一緒にいられるかもしれない。

だがやはりカタリナは、そういった形でシリウスのそばにいたいわけではないのだ。

(シリウスが大事だから、そんなことしたくない)

ロアン公はシリウスが異民族の血を引く王子だからと、彼が継ぐべき王の座から引きずりおろそうとしている。

彼ほど真面目に王子であろうとする人はいないのに、それが歯がゆくてしかたない。

(わたしとの一夜に、さらに私が産んでしまったぴぃちゃんに責任を感じているのはわかるけど、優しすぎるのも問題よ、シリウス……。王は時には非情でなければならないのに)

彼には立派な王になってほしい。誰にも後ろ指さされることなく聖女を妻にし、ふたりの間に御子が授かればこれほど喜ばしいことはない。

きっとシリウスは誰もが認める素晴らしい王になれるはずだ。

それを見届けたら、自分はぴぃちゃんと一緒に故郷に帰って父や兄の補佐をすればいい。

（——あれ）

だがなぜだろう。シリウスが我が子を抱いている姿を想像すると、胸の奥がざわめいた。

じんわりと目に涙が浮かんで、視界がにじむ。

「変なの……」

長旅で疲れているのかもしれない。

カタリナは涙をグイッと手の甲でぬぐって、大きく深呼吸をすると、改めて勇ましく階段を駆け上ったのだった。


（ここかな……）

聖女ルシアが住んでいるのは離宮でも最も日当たりのいい場所だった。

ちょうど部屋の前で掃除をしていた、全身真っ黒の修道服姿の少女に声をかける。

「今日から聖女ルシアの護衛を務めることになりました、カタリナ・フォン・リーヴェンですが、聖女様はいらっしゃいますか」

「あっ、カタリナ様ですね！　ああ、お話の通りだわ！　王子から伺っております、どうぞ中

に お入りください！」

そばかすの浮いた少女は十代前半くらいだろうか、純朴で愛らしい女の子だった。

カタリナを見てキラキラと瞳を輝かせると、いきなりドアを開けて中に声をかける。

「ルシア様、カタリナ様がご挨拶にいらっしゃいましたよ！」

（お話の通り……？）

シリウスは自分のことをいったいどう説明したのだろうか。

ずいぶんと友好的だな、と思いつつ、カタリナは若干緊張しつつ返事を待つ。

「……まぁ、本当？　どうぞ中へ」

ややして、優しげな声がかえってきて、カタリナは慎重にドアの中に足を踏み入れた。

「このような旅装のままでのご挨拶を失礼いたします。聖女ルシア」

入り口のそばでカタリナは指先でドレスの裾を持ち上げ、丁寧にひざを折って挨拶をする。

普段はリーヴェン伯の四男、じゃじゃ馬姫と言われるカタリナでも、一応挨拶くらいはできるのである。

「ああ……少し遠いわ。遠慮なさらずこちらへどうぞ」

だが聖女は少し焦れたようにそう言って、カタリナを近くへと呼び寄せる。

「失礼します」

その言葉を聞いてようやくカタリナは顔を上げ、ニコニコとこちらを見てほほ笑む聖女ルシアの姿を見て、たいへんぶしつけではあるが仰天してしまった。

（うわぁ〜！　すっごい美人！）

何よりも目を引いたのは、ふわふわと波打つ見事な金髪だった。驚くことに瞳も黄金に輝いている。すべてがとろけるようなはちみつ色で、まるで豊穣《ほうじょう》の化身だ。小さな白い顔にそれらがきれいに収まっていて、陶器でできた人形のようでもある。

彼女自身は簡素な修道服を身に着けているが、その美しさはまったく損なわれていない。むしろ禁欲的であるからこそ、彼女自身の光り輝くような美貌が眩しいほどだった。

（なんて美しい方なの……この方が、シリウスの許嫁……そっか……そうなんだ）

この国一の美姫と称《たた》えられる、伯爵令嬢以上ではないか。

ふとシリウスと彼女がふたりで並んだ姿を想像し、また胸の奥がざわめく。

お似合いだと思うのに、なぜか寂しくてたまらない。

（なんでだろ……）

とっさに胸の間に隠したぴぃちゃんのあたりを手のひらで押さえたところで、椅子に座っていた聖女が、入り口に立ち尽くすカタリナのもとに、いそいそと駆け寄ってきた。

「あの、カタリナ様、初めまして。ルシアと申します。ああ、本当にお会いできてうれしいわ！」

ルシアは輝かんばかりの笑顔を浮かべて、カタリナの手を包み込むように握りしめる。

彼女の手は小さかった。背もカタリナより少し低く、華奢《きゃしゃ》で愛らしい。剣を振り回して硬くなった自分の手とは違う。まるで絵本に出てくる天の御使《みつか》いのようだ。

（まつ毛も金色だ……）

ほわほわとした綿毛のような聖女にしばらくの間見とれていたカタリナは、ハッとして慌てて気を引き締め、もう一度頭を下げる。

「お言葉ありがとうございます。今日から私が護衛として聖女様をお守りしますので、なにとぞ――」

「カタリナ様、仰々しいわ！」

「え？」

「もっと普通に話してください、私、お友達ができるとずっとず～～っと楽しみにしていたんですから！」

「おっ……お友達？　私と聖女様がですか⁉」

まさかの展開に仰天したカタリナに向かって、ルシアはなおも言い募る。

「ずっと前から、シリウス様にお手紙でカタリナ様のことをうかがっていました。強くて、曲がったことが嫌いで、でも、とっても優しくて、乗馬も剣も体術も男性に負けない、本当に素敵な方なんだって！　きっと私のいい友人になれるだろうって！」

「ゆ、友人……？」

シリウスが彼女に自分のことを話していたと聞いて驚いた。信頼してもらえていたのが伝わってきて、それが嬉しいようなくすぐったいような、不思議な気分になる。

「あーっ、本当に嬉しいっ！　本当に、私っ……」

ルシアはその場でぴょんと跳ねて、それからふうっと気が抜けたように体をよろめかせた。

「ルシア様っ？」

慌てて彼女の体を抱き留めると、部屋にいた修道女たちが慌てたようにルシアを支えた。

「ああ、そんなはしゃがれるから……！」

「そうね……」

ルシアはハァと大きく息を吐くと、それから支えてくれた彼女たちの手を借りて、もう一度椅子に腰を下ろす。

「驚かせてごめんなさい。私、あまり体が丈夫ではなくて……。だから基本的にはじっとしているようにって、いつも言われているんだけど……ドキドキしちゃった」

ルシアはほうっと息を吐いて、それからカタリナをキラキラした目で見上げた。

「あの、敬称もやめてくれませんか？　あなたとは親しく、普通にお話がしたいの」

「え……あ……うん。ルシアがそうおっしゃるなら」

うなずきつつも、彼女がさらりと告げた『丈夫でない』発言に、ひやりとした。

確かに椅子に座った彼女は、華奢でほっそりしている。透き通るような白さはいっそはかないくらいだ。

（体が丈夫ではないって……聖女様が？）

聖女は神から与えられた祝福の力で人々を癒していると聞いていた。なのに彼女自身はその神の祝福を受けてはいないらしい。それが本当だとしたらあまりにも不憫《ふびん》ではないか。

だが聖女はカタリナにそう思われたいわけではないだろう。

彼女は彼女のやるべきことを全うしているだけなのだ。

「あの……ご迷惑でなければ、もう少し、ふたりでお話するのはどうかしら。その……お茶でも飲みながら。このために取り寄せたおいしいお茶とお菓子があるのよ」

おずおずと、彼女の期待に満ちた目で見つめられたら、いやだと言えるはずがない。

ちらりと聖女の背後に立っている侍女たちの顔を確認すると、彼女たちも「ぜひ！」と激しく首を縦に振っていた。

（ああ……彼女たちも聖女様を心配しているのね）

聖女ルシアを守るというのは、ただその身を危険から遠ざけることだけではない。こうやって彼女の話相手にあって心健やかに過ごしていただくのも、大事な役目のはずだ。

「ええ、よろこんで」

カタリナの返事を聞いて、ルシアがパーッと表情を明るくする。

その笑顔はまっすぐにカタリナに向けられていて、嘘偽りなく彼女が喜んでいるのが伝わってくる。

（シリウスの大事な婚約者だものね）

カタリナは決意を新たに、ルシアに手を引かれて部屋の奥のテーブルへと向かった。

それからカタリナはルシアと一緒にのんびりとお茶を飲み、いろいろな話をした。

特に彼女は王都ナパールの外の話を聞きたがっていたので、士官学校での話をすると非常に喜んでくれた。

課題の魔獣退治に出かけてクラスのみんなとはぐれ、幼馴染四人で三日間も野宿をしたこと。

年に一度の創立記念日に学生全員でお芝居をすることになったが、女装してお姫様を演じたネイトに本気で惚《ほ》れる男子学生が続出して、フィルが数か月警護にあたるくらい大変だったこと、などなど。

ルシアは目を輝かせてカタリナの語る士官学校の寮生活の話を聞き、そしてかわいらしく頬杖をついて夢を見るように目を閉じる。

「なんて楽しそうなんでしょう……私も皆さんと一緒に学生生活を送ってみたかったな」

「ルシアがクラスにいたら、シリウスは気が休まりませんよ」

こんなにかわいらしい人が教室にいたら、心配でたまらないだろう。いや、カタリナだって絶対に過保護にしてしまう自信がある。

たった一刻話しただけで、ルシアのことをかなり好きになっていた。可愛くて愛らしいだけでなく、一本芯の通った強さを感じる。

だがルシアはカタリナの言葉にふふっと微笑み、やわらかくはちみつ色の目を細めた。

「そんなことないわ。シリウス様が見ているのはカタリナだけだもの」

どこか達観した彼女の発言を聞いて、カタリナは胸の奥がヒヤッとした。

「そっ……そんなことはありません！　私はただの幼馴染です！」

やはり彼女は自分とシリウスの仲を誤解している。

慌てて否定したが、彼女は笑って肩をすくめる。

「ああ、カタリナ。あなたこそ誤解しているわ。確かにシリウス様は私のことは気遣ってくださるけど、それはお互い利益があってのことよ。こうするのがお互いのためになるから、と話し合った結果なんです」

「え？」

「ですから、私とシリウス様はみせかけの婚約者だってこと」

カタリナはお菓子をつまみながら、うふふ、と笑った。

「――」

突然のルシアの告白にカタリナは目が点になる。

（えっ、みせかけってどういうこと……⁉）

硬直しているカタリナを見て、ルシアは蕩けるような甘い目を魅力的に細める。

「私には夢があるの」

「夢？」

唐突にも思える彼女の発言に、カタリナは首をかしげた。

「私がうまれた帝国で暮らす、という夢よ」

「っ……⁉」

今、聞いてはいけないことを聞いてしまった気がする。

聞かれてはまずいのではないかと、慌てて部屋の中を見回していた。

ちなみにこの部屋にはルシアが聖教会から連れて来た侍女が三人いるだけだが、彼女たちはそんなカタリナの反応を見て、『わかっている』といわんばかりにうなずいた。

どうやら全員ルシアの味方らしい。

「あの……ルシアは帝国出身なんですか？」

「ええ、そうよ。と言ってもその記憶があるわけじゃないの。私が聖女としての力を目覚めさせた時に、教会の司祭様にそう教えていただいたの。私は赤ん坊の時に帝国から預けられたんですって」

おそるおそる問いかけたが、ルシアはふんわりと笑って、うなずくだけだった。

帝国――。大陸の三分の一を統治下におく、聖コンドライト帝国のことだ。

フレイド王国を興《おこ》した竜騎士は聖コンドライト帝国の出身でもあるので、帝国の歴史はかなり古く、もうすぐ建国八百年を迎えるはずだ。

まさか国を代表する聖女が帝国出身とは思わず、カタリナは驚いてしまった。

「だから、いつか帝国に行ってみたいって思ってたの。でも帝国は他国から入国するのがとっても難しいところなんですってね。だから諦めていたんだけど……」

「それを、シリウスが？」

「王族であれば入国できるって教えてくださったの。帰ってくるのも来ないのも自由にしていい、そのための手助けはしてくださるって。その代わり、帝国に行くまでは、自分の後ろ盾になってほしいって」

「えっ……ええ⁉」

まさかシリウスと聖女の間でそんな密約が交わされていようとは。なにもかもが予想の斜め上だった。

「おもしろい方よね、殿下って。婚約者なのに帰って来なくてもいいなんて、真顔でおっしゃるんだもの」

ルシアはコロコロと鈴を転がすような声で笑って、それからそっと手を伸ばしカタリナの手を握る。

「私ね、癒しの力があるとわかってから、ずっと教会に閉じ込められていたの。聖女だなんて呼ばれて、勝手に崇《あが》め奉《たてまつ》られて……決して裕福ではない貧しい人たちからも寄進を集めて……。癒しの力でみなを助けてあげたいのは本当だけれど、私を聖人化する教会のやり方には賛同できなかった。でも殿下が私を外に連れ出してくれた。婚約者の身分をくださって、自由にしていいって約束してくださったの。だから私、決めたの。うんと体力をつけてこの国を出て帝国に行くんだって」

ルシアの決意が、重なった手のひらから伝わってくる気がした。

「もしかして、本当に戻ってこないおつもりなんですか？」

緊張で問いかける声がかすれた。

「ええ。どうなるかはわからないけれど、そのつもりよ。帝国は広いし、入国してしまえばこっちのものでしょう？　少しの間は大人しく帝国で暮らして、そのうち私が聖女だなんて知らない土地を探して、そこで自由に生きるの」

「……自由」

「長く生きられなくてもいいの。ただ……聖女じゃない自分になりたい。自由になりたい。だから帝国に行くの」

そういうルシアの表情はとても真面目だった。

それはもう夢物語ではない、強い意志なのだ。

十七歳で、一日たりとも自由な時間を持てなかった聖女ルシアの言葉は、なによりも重い。

無理だとは言いたくない。きっとシリウスも同じ気持ちのはずだ。

彼のことだからお供に誰かをつけることをひそかに考えているだろう。

だとしたら誰がいいか――。

カタリナはピンときた。

「じゃあ、私も一緒に行きます」

「えっ⁉」

「正直、ルシアとここにいる侍女三人では心もとないわ。心配だからその時がきたら私も一緒に行きます」

そうだ、そうすればいいのだ。途端に目の前が開けた気がした。

卵から生まれる我が子だって、竜騎士がいる国で育てたほうがいい気がする。

（ぴぃちゃんだって、もしかしたら竜騎士になりたいって言うかもしれないし……！）

男の子か女の子かはまだわからないが、我が子が凛々しく竜にまたがるところを想像したら、胸がキュンキュンとときめいた。口に出したら正解はこれしかないとまで感じた。

我ながらものすごい名案だと思ったのだが、

「だっ、だめよ、それは！　シリウス様がおかわいそうよ！」

ルシアは目を白黒させながらぶるぶると首を振り、それからものすごく真剣な顔をしてテーブル越しにグイッと顔を近づけてきた。聖女らしからぬ迫力だ。

「かわいそう？　シリウスが？　なぜですか。私はあなたを守るためにここに来たんですよ」

するとルシアは信じられないと言わんばかりに口元に手をあてておののく。

「カタリナって、話にきいていた通り本当に優しくて強くて、素敵な方だけど……それはないわ……ないわぁ～……」

「え……？」

「どうしてそんなにニブちんさんなの？」

「にぶ……」

フィルやネイトだけでなく、兄たちや父からも過去何度も似たようなことを言われたことがあるが、意味がわからない。だがこれはかなり責められている気がする。

「私がどうこう言うのは違うから、これ以上は黙っているけれど……とりあえずシリウス様とちゃんと今後のことは話し合ってくださいね」

「今後……？　今更なにを……」

話し合ってここに来ることがきまったはずだが、ルシアからしたらそうではないらしい。

話が飲み込めず黙り込んでいると、ルシアがキッと厳しい表情をして
「お約束、ですよっ！」

と真剣な面持ちで迫ってくる。

「はっ、はいっ……約束します……！」

お人形のように愛らしいルシアから放たれる強い口調は意外にも迫力があって、カタリナはこくりとうなずいた。いや、うなずかされたといったほうが正しいかもしれない。

さすが聖女だ。可憐《かれん》に見せかけて圧がすごい。

彼女の後ろで侍女たちがニコニコと微笑んでいるのもなんだかいたたまれず、それからカタリナはとぼとぼと自分の部屋に戻ることになった。

「はぁ……」

カタリナが与えられた部屋は二階の階段を上った最初の部屋だった。聖女の部屋が一番奥なので、出入り口を守る目的があるのだと考えれば順当だろう。

白く塗られたドアを開けて中に入り、そのままふらふらと目についた布張りのソファーにごろりと身を投げ出す。

「ねえ、ぴぃちゃん……。なんだか思ってたのとは違う雰囲気になってきたわね」

胸の谷間で温めているぴぃちゃんを取り出し、いつものように話しかける。虹色に輝く卵はモノを言わないが、こうやって話しているとカタリナの心は落ち着いていく。

シリウスとルシアが二年前から『いつわりの婚約者』であること。

そしてルシアはいずれフレイド王国を出て帝国に行くつもりだということ。

聖女とシリウスの間には友情めいた感情はあっても、それだけということらしい。

（ということはなに……？　シリウスはルシアと結婚しないってこと？）

生まれてずっと聖教会の中に閉じ込められて、自由に生きたいと願うルシアの気持ちはわかる。だがその願いを、自分の立場を危うくしてまで、助けようと思うシリウスの思惑が謎だ。

「でも、なんで……シリウス」

天井を見上げてぽつりとつぶやくと、

「呼んだか」

とあいの手が入った。

その声があまりにもはっきりしていて、カタリナは驚いて飛び起きる。

「カタリナ」

反対側のソファーにシリウスが足を組んで座っていた。

彼の前にはお茶のセットが置いてあり、雰囲気からして少し前からここで待っていたような雰囲気である。首元まできっちりと釦をとめたフレイド騎兵団の騎士団服姿だ。凛々しくも優美で、つい見とれてしまう。

そういえば、彼の絵姿が王都の若い娘の間で飛ぶように売れていると、ここに来る途中ネイトから聞いていたことを思い出した。

（確かに凛々しいものね……モテるでしょうね）

シリウスが若い娘たちにきゃあきゃあ言われているところを想像すると、胸の奥がもやもやする。

だがうまくその気持ちを言葉にできないし、なぜかシリウスに知られたくないと思う。

「な、なんでここに？　っていうか、勝手に入るのはどうかと思うわ」

あれこれ誤魔化したくて、つっけんどんになってしまった。

だがシリウスは落ち着いたものだ。

「──絶対にお前は俺を避けるだろうから、部屋で待っていたんだ」

すっかり見透かされている。

カタリナは仕方なくソファーの上に座りなおして、目の前の空のカップにお茶を注いだ。自分がここにくるタイミングをわかっているような、ちょうどいいお湯の温度だった。

「ねぇ、シリウス……今、ルシアと話してきたんだけど……。その、彼女とは結婚しないって本当なの？」

「ああ、本当だ」

まさかと思いながら問いかけたが、シリウスはあっさりと肯定し、お茶の注がれたカップを優雅に手に取って唇を寄せる。

「俺の婚約者として近いうちに彼女は帝国へと向かう。入国後、適当な時期に彼女から俺に対して婚約破棄を申し出る。フレイドには当然帰れなくなるが、それが彼女の望みだ。帝国も聖女を無理に追い出しはしないだろう。それなりの待遇で暮らせるようにするはずだ」

「でも……それってすごく、シリウスが不名誉なことにならない？」

「確かに聖女から捨てられた王子という汚名を着せられはするが、俺は聖教会に対して大きな貸しを作れる」

「なるほど……そういうことか」

一概に悪いことばかりではないということだ。

納得しつつお茶に唇をつけたところで、シリウスが言葉を続けた。

「そして俺は、お前を正妃に迎える。妻にするのはお前だけだ。側室ももたない」

「ブホッ……！」

あやうく飲みかけていたお茶を全部吹き出しそうになってしまった。

令嬢にあるまじき振舞いだがそれどころではない。

慌ててカップをテーブルの上に置き、濡れた口元を指先でぬぐいながらカタリナはその場に立ち上がる。

「ちょっ、はぁ⁉　あなた、なにを言って……！」

青くなったり赤くなったりと、オロオロするカタリナをよそにシリウスは落ち着いたものだ。

「リーヴェンに戻ることは許さない」

「いや、許さないも何も私はルシアを守るために来たんだから、帰ったりはしないわよ！　でもっ……でも、私を正妃にって……なんで……」

カタリナはしどろもどろになりながら、シリウスを見つめる。

「もう決めたことだ」

そう言う彼はひどく落ち着いていて、故郷に来た時とはまるで違う。この時点でのカタリナの反発も想定済みのようだ。

そもそもシリウスは、単純一辺倒の自分よりずっと賢い青年だ。着々と、外堀を埋めていく方式に決めてしまったのだろう。

(責任感、強すぎ……！)

眩暈《めまい》をおぼえたカタリナは、そっと額に手をやって目を伏せる。

たった一夜の責任のためにここまでするのかと気が重くなる。

だが胸元のぴぃちゃんの存在を思い出し、そういえば自分たちの間には『竜の卵』であるぴぃちゃんがいたのだと、気が付いた。

(将来の王子か王女か……なんにしろ、シリウスにとっては第一子になる。だったら、当然そばに置いておきたいのかもしれない)

建国の王が竜の血を引くと言われる騎士だ。直系の血筋を残すのは王の大事な役目のひとつだが、フレイド王家は昔から子ができにくいし、育ちにくい。先の王だって妻は五人ほどいたが、子が成人まで育ったのはシリウスひとりだ。

はっきり言ってしまえば、カタリナが産んだぴぃちゃんはカタリナだけのものではないのだ。

王子である彼なら、カタリナから強引に取り上げることもできるはずだが、それをしないのはカタリナの性格を、シリウスが知り尽くしているからだろう。

優しさが半分、あとはそんなことを命令すれば、またフロシキに卵を包んで逃げるだけだとバレているのかもしれない。

(そっか……王家にはこの子が必要だもんね)

あらためて胸の間に収めたぴぃちゃんを、胸元のレース越しにそっと押さえる。

するとそれを黙って見ていたシリウスが、カップをテーブルに置いて唐突に立ち上がった。

「カタリナ」

「なっ……なに?」

思わずカタリナもソファーから立ち上がり、若干距離を取る。だが数歩後ずさったところで、シリウスがテーブルを回って距離を詰めてきた。

「ちょっと、なんなの?」

ドギマギしながら問いかけると、彼は軽く首元の詰襟部分に指をひっかけてボタンを外し、もう一方の手でカタリナの引き締まった腰を抱きよせ、耳元でささやいた。

「俺にはお前が必要だとなぜわからない」

その声はどこか熱っぽく、甘く――カタリナの心にするりと滑り込んできて、柔らかく包み込む。

昔からこうだ。カタリナにとってシリウスは絶対に無視できない相手なのである。

「私……？」

必要なのは卵では？　と息をのんだ次の瞬間、カタリナは軽々とシリウスに抱きかかえられ、そのまま部屋の奥の寝台へと運ばれていく。

「えっ、ちょっと、シリウス？」

寝台の真ん中に寝かせられたカタリナは慌てて体を起こそうとしたが、すぐに両手足をシリウスに抑え込まれて、動けなくなってしまった。

「あっ、ちょっとひどいっ！」

寝技をしかけられたら振りほどくのは容易ではない。しかも相手はシリウスだ。鍛え上げられた鋼のような肉体を持っている。

相手が彼でなければ抱き上げられそうになった時点で肘打ちをくらわしているところだが、今更言ってももう遅い。後の祭りだ。

「ひどくない」

シリウスはきっぱりと言い切ると、真顔でカタリナの顔を見下ろす。

彼の、首の後ろでゆったりと一つに結った美しい黒髪の先がサラサラと零《こぼ》れ落ちてきて、カタリナの周りを檻《おり》のように取り囲んだ。

「カタリナ……もう一度言う。俺にはお前が必要だ。俺のそばにいてほしいんだ」

美しいアイスブルーの瞳が、キラキラと輝いている。母が死んだ冬の空よりも悲しくて美しい。こんな青をカタリナは他に知らない。

（そうか……。ぴぃちゃんだけじゃなくて私が必要なのって、私が子を授かったから、なのかな）

ひとり産んだ女は、また次も産める可能性が高い。先王の正妃は公爵家ゆかりの姫君だったが、側室は経産婦が多かったときいたことがある。

だったら自分もそういう意味での価値があるということだ。

「……そう」

ぽつりとつぶやくと、シリウスが唇を震わせる。

「感想はそれだけか?」

なぜか彼は少しだけ傷ついたような顔をした。

その表情を見ると、ちくんと胸が痛くなる。

（シリウスは優しいし……なにより私が幼馴染だから、割り切れないのかな。そうよね、私だって彼が子供の頃から知ってるから、拒否できないし……仕方ないかもって、思ってる）

王家のためにカタリナを正妃にし、またひとりでも多く子供を産ませようとしていることに、罪悪感を持っているのかもしれない。

「いいのよシリウス、気にしなくて」

こうなったらなるようになれだ。

ちょっと笑いつつ、どんとこいと思いながら体から力を抜くと、シリウスはまたほんの少しだけ眉尻を下げる。やっぱり悲しそうだし、寂しそうにも見える。

「シリウス？」

どうしたのかと彼の頬に触れた瞬間、彼はどこかふっきったように、両手でカタリナの頬を包み込むようにして挟むと、いきなりキスをしてきた。

「んっ……？」

シリウスが父王を亡くして自分を見失いそうになっていたあの夜、彼はむさぼるようにカタリナを抱いた。まるで濁流に流されるような熱量の彼に、カタリナはしがみついているのが精いっぱいだった。だが今日は違う。なぜかシリウスはカタリナの肌をあらわにすることもなく、ただひたすら口づけているだけだ。

「カタリナ……」

けれど『たかが』口づけとは笑えなかった。

何度も方向を変えて、重なり、離れたかと思ったら、またふさがれる。

シリウスのキスはかなり熱っぽく、ちゅうちゅうと吸いながら、軽く歯を立てたり、何度もカタリナの唇に吸い付いて離れない。

「あ……んっ……」

腰のあたりがぞくぞくと震えてカタリナの唇の端から、甘い嬌声が漏れた。恥ずかしいが止められない。

「あ、待って、シリウス、だめ、そんなに吸われたら、唇、はれちゃう……っ」

覆いかぶさったシリウスの胸を抗議のつもりで押し返したが、シリウスはその軽い抵抗をものともせず、カタリナの上気した頬に指の背を滑らせた。

「――たしかに、ぷっくりと赤くなって、魅力的だな」

そしてアイスブルーの目を軽く細めて、今度は舌を口の中に滑り込ませる。

「はふっ……」

口の中に入って来た彼の舌が、我が物顔で暴れまわっている。

「ん、んっ」

息ができない。頭がくらくらする。

「カタリナ、舌を絡ませるんだ。もっと、蛇の交尾のように……こう」

シリウスは逃げるカタリナの舌を追いかけて舌をまきつけてしまった。

蛇の交尾だと言われて心臓が跳ねた。この口づけは交尾なのだと言われた気がした。

「んーっ……」

舌にぴりっと痛みが走る。だがそれもすぐに快感にすり替わってしまう。それから何度も、シリウスの舌が、蛇のようにカタリナの口の中を這いまわる。彼の舌先が口蓋を舐めあげたとき、全身がビクビクと震えてしまった。まるで全身を舌で愛撫されたような快感だ。

「んう……あ……」

「口の中も感じるんだな、カタリナ」

シリウスは満足そうに目を細め、お互いの間につうっとつながった蜘蛛《くも》の糸のような唾液を指でぬぐいとると、両手でカタリナの耳をやんわりと押さえて顔を近づけた。

「俺を見るんだ」

彼はカタリナに何度も『自分を見ろ』と言ってきた。

初めての夜も、リーヴェン領にたったひとりでやってきたときも。

「──見てるわよ……」

耳を塞がれているせいか、頭の中に声がこもる。

まるでこの世に二人しかいないみたいだ。

いったいなにをされるのかとじっと彼の目を見つめ返すと、ゆっくりと首を傾けたシリウスが近づいてきて、また唇がふさがれた。

「……ん、んっ……」

シリウスの熱い舌にはまだかすかにお茶の香りが残っていて、舌を絡ませあっていると、ちゅくちゅくと頭の中で口づけの音が響き始める。まるで子猫が皿のミルクをなめとるような水音が、体の中にじわじわと広がっていく。

「ん、んぅ……」

なんだか頭の芯がぼうっとする。ふわふわと宙に浮いているような甘い口づけと、こちらを見つめるアイスブルーの瞳に、カタリナは完全に抵抗する力を失ってしまった。

（もしかしてこのまま……抱かれてしまうんだろうか……）

彼を避け続けていたひと月は極力考えないようにしていたが、あの夜のことを思い出すと、カタリナの体はしっとりと熱くなる。

たくましいシリウスの裸体に抱きしめられ、彼の鋼の槍に何度も愚直に突き上げられたあの衝撃を、忘れられるはずがない。

「カタリナ……」

シリウスの唇がそうっと首筋に移動して、優しく吸い付く。

「あっ」

ピリッとした痛みが走って、軽くカタリナが身じろぎしたところで、シリウスは両腕をしっかりとついて体を起こすと唐突に、「今日はここまでだな」とささやいた。

「――え？」

思わずきょとんとしてしまったカタリナだが、シリウスは首元の詰襟を正しく整えるとすっと立ち上がり、相変わらずベッドに横たわったままのカタリナを見下ろす。

「そろそろ騎兵団の訓練に行かねばならない」

「あ……そうなんだ」

カタリナも所属する予定だったフレイド騎兵団は、日々王宮でも修練に明け暮れている。

現在フレイドに竜はいないが、騎士の国であるからこそ王子は前線に立って戦う。フレイド王国の周辺には魔獣が出る森も多く、また国境を荒らしまわるスカー族とは建国当初からずっと小競り合いを続けているのだ。

（じゃあ、最初からそのつもりはなかったってことね……）

今からそういうことをするのだと、勘違いした自分が無性に恥ずかしい。

乱れた胸元のあたりを整えつつ上半身を起こすと、突然シリウスがカタリナの胸元に顔を寄せたかと思ったら、ぴったりと頬を押し付けてきた。

「——なにやってるの？」

胸元のシリウスに問いかけると、

「たま……ぴぃちゃんの様子をうかがっている」

と、あっさりした返事がかえってきた。

「ああ、なるほど」

カタリナの豊かな胸の谷間には、フロシキ袋に納まった卵が眠っているのだ。

「親子の触れ合いね。そういうのも大事だって聞いたわ」

「そうだな」

神妙にうなずきながら、シリウスはそのままじっとカタリナの胸に頬を押し付けている。

時折すうっと息を吸って、なぜか胸の谷間の匂いを嗅がれているような気がしたが、まさかシリウスがそんなことをするはずがない。彼は高潔な王子なのだから。

そうやってしばらくカタリナの白い胸に顔をうずめていたシリウスは、

「そろそろ行かないと本気でまずいな」

とつぶやき、名残惜しそうに顔を離す。

「じゃあ行ってくる」

「うん……行ってらっしゃい。頑張ってきてね。でも怪我しないようにね」

それはカタリナからしたら何気ない言葉だったのだが、その瞬間、シリウスはパッと表情を明るくして、輝くような笑みを浮かべた。

「ああ……！」

それはまた久しぶりに見るシリウスの笑顔だった。

その笑顔を見て、カタリナの胸が高鳴る。

「カタリナ……また後で来る。一緒に食事をしよう」

そしてシリウスはカタリナの頬を両手で包むと、そうっと額にキスを落とす。

ちゅっと音を立てて離れた唇の感触が、なぜかいつまでも額に残っていて、シリウスが部屋を出て行っても、頬に集まった熱はなかなか引きそうになかった。

（な、なに今の……？）

長旅で疲れているせいだろうか。きっとそうだ。そうに違いない。

三話　王子の想《おも》い

十二年前。フレイド王国の王子であるシリウス・ジャック・フレイドは恋に落ちた。

『私がずうっと一緒にいるからね！』

キラキラとした笑顔を浮かべて幼い自分の手を引いてくれた、燃えるような赤い髪と緑の目をした少女に――。

シリウスは喜怒哀楽の変化が薄く、顔に出ない。

親友でもあり幼馴染でもあるフィルやネイトからは、

『表情筋が死んでるだけだよな！』

『人にはそれぞれ得意不得意がありますからね』

と言われ続けてきたが、それでも信じていたのだ。

幼いころからずっと恋をしていたカタリナだけは、自分の気持ちをわかってくれる、と。

「それがなぜ、わからん……！」

シリウスが馬上で声を上げると同時に、左右で手綱を握っていたフィルとネイトが、なんとも説明しづらい表情を浮かべた。

「なに急に思い出し怒りしてるんだよ、お前は……」

フィルが呆れたように肩をすくめる。

「急にじゃない。前から思っていた。カタリナは……鈍い……ものすごく……鈍いんだ」

シリウスはため息交じりにそう言って、目の前に広がる鬱蒼《うっそう》とした森を見据えた。

今日は幼馴染ふたりと一緒に、王都から離れた森に魔獣討伐に来ていた。森を生活圏にしている村から、数週間前から魔獣が現れて森に入ることができなくなったという陳情が届いたのだ。森の中に入れなければ兎《うさぎ》や鹿も捕れないし、薪《まき》の確保ができなくなる。なにより移動がままならなくなるのは交易を村の収益にしている彼らにとって致命的だ。

シリウスは即座に『兵を派遣しよう』と提言したのだが、叔父であるロアン公は『些事《さじ》。スカー族が我が国の国境を脅かしている今は兵を動かすことはできない』とその陳情を切って捨ててしまった。

ちなみにロアン公の声に反対したのはフィルの父親だけだったが、ひとりではやはり分が悪い。国の防衛が一番だと貴族たちもロアン公に右へ倣えだ。

『もちろん、王子が個人的に討伐に向かうということであれば止めはしないが』

と言われて、仕方なくシリウスは幼馴染ふたりを伴い、こうやって噂《うわさ》の森まで私兵を連れてやってきたのである。

あくまでもシリウスの私的な討伐なので、フレイド騎兵団を動かすことは許されなかった。なので騎士団服ではなく簡素な兵装だ。

民を守るのに『私的』も『公的』もない気がするが、仕方ない。

(この討伐で、俺が死んでくれればいいと思われているんだろうな)

別に悲観的になっているわけではない。事実は冷静に受け止めている。

強くなろうと決めた幼いころから、日々鍛錬に明け暮れて、今は国内でシリウスに剣で勝てる人間はいない。可能性があるとしたらフィルだが、彼は幼馴染で無二の親友だ。

結局、ロアン公に冷遇されても、シリウスは日々自分を鍛えていると割り切っている。

「シリウス、カタリナのこと鈍いって、それはいまさらだぞ」

「そうですよ。あのおとぼけカタリナですよ。子供のころからずっとそうだったじゃないですか。むしろ、はっきり言われたってわからないと思います。斜め上に解釈するでしょうね」

「グッ……」

幼馴染たちの正論に言葉を失う。

現状、シリウスの頭の中を占めているのはほぼカタリナのことだった。

カタリナが聖女の護衛に就任してから数週間が過ぎている。彼女は対外的にはルシアの侍女として楽しくやっているようだ。

とりあえず側に呼び寄せれば何とかなると思ったが、カタリナはシリウスのことを相変わらず男として見ていない。いつまでも出会ったころのまま、シリウスのことを『守るべき存在』であり、仕えるべき『王子』だと認識している。

シリウスというひとりの男を見てはくれないのだ。

しかも成長して『忠誠心』が加わったことで、余計その思いは強くなったのではないだろうか。だから一線を越えても、妻にしたいと言っても、王子と辺境伯令嬢という枠組みを飛び越えてはくれない。

「このままじゃ聖女とカタリナのほうが仲良くなりそうだよな」

フィルがアハハ、と笑いながらバシッとシリウスの背中を叩く。

現実が突き刺さって胸が苦しい。

「俺もそんな気がしているよ……」

カタリナの忠誠心を利用して呼び寄せたはいいが、真面目なカタリナは職務に一生懸命で、まったくシリウスに構ってくれない。

いったいどうしたら、彼女は自分をひとりの男として見てくれるのだろうか。

必死に『お前が必要だ』と思いを告げても、『そう』とうなずくだけ。

王子だから身を許してくれたのだと思うと、切なくて胸が焼け焦げてしまいそうだった。

「ままならん……」

シリウスが深くため息をついたところで、

「――待ってください。どうやら北東に魔獣の気配があります。大きいのが二つ、小さいのが五つほど……でしょうか。森の反対側のあたりですよ」

ネイトが手の中の宝珠《オーブ》を見て、さらりと告げた。

彼が手にしている宝珠は『魔獣の気配』を感知するという魔道具《マジックアイテム》で、魔力がなくても魔獣の気配がわかるという優れモノだった。ネイトいわく魔法大国であるルーミアから特別に取り寄せた逸品らしい。

昔から新しいモノ好きで、士官学校を卒業してからは、次々に不思議な商品を取り寄せているようだ。ちなみにその資金は王子であるシリウスの私財である。

（まぁ、これで民の憂いが晴れるのなら、特に文句を言うことはないが）

一国の王子に生まれ、食べるものにも寝るところにも困らない人生を送ってきたのだ。持っている者が持たない者のために力を尽くすのは当然のことと思うシリウスは、ネイトの好きにさせるつもりだった。

「フィル、お前たちは右から回り込め。俺たちは左からだ。挟み撃ちにしよう」

「了解っ」

シリウスの指示にフィルは手綱を引くと、つれていた数人の騎士と一緒に大きく迂回《うかい》ルートを取って馬を走らせて行った。

「ネイト、援護を頼む」

「わかりました」

そしてシリウスは腰にはいていた剣をすらりと抜くと、馬の腹を蹴って駆け出したのだった。


難なく魔獣を退治して一番近くの村へ報告に戻る。

村長に魔獣を退治したことを告げると、彼らは涙を流さんばかりに喜んでいた。お礼として宴を開きたいと言われて、シリウスは困り果ててしまった。

「貴重な食糧を使わせるわけには……」

魔獣が出現したせいで食料の備蓄が減っているのに、自分のために使わせるのは申し訳ないのと思ったのだが、フィルが『こういうのは一緒に騒いでほしいもんなんだよ』というので、少しだけ付き合うことにした。

村の広場の真ん中に各家庭から持ち寄られたテーブルや椅子を集めて、その上に心づくしの料理が並べられる。村長や村の大人たちにもみくちゃにされつつ葡萄酒を飲んでいると、フィルが周囲を女性に取り囲まれているのを発見した。

当のフィルはいつもとかわらずガハハと笑って酒を飲んでいるが、注意深く見ていると、女たちの間で『誰がフィルの盃《さかずき》に葡萄酒をそそぐか』で、取っ組み合いの喧嘩《けんか》が始まっていた。

「ネイト。フィルが大変なことになっているぞ」

シリウスの隣に座っているネイトが軽く肩をすくめて、パンをちぎって口に運ぶ。

「シリウスはさすがに王子だから声をかけられないし、僕は女より美しいでしょう。となるとあのくらいがちょうどいいんですよ。腐っても公爵子息。お手付きになって子でも授かれば妾《めかけ》のひとりになれますし。食うには困らないでしょう」

「ゲホッ……！」

ネイトの発言に、シリウスは噴き出してしまった。

「お前……」

相変らずの口の悪さだ。

「それも女たちの生存戦略ですよ。たくましいもんですね」

ネイトはふふっと笑って、それからシリウスの顔をじっと覗き込む。

「他人の恋愛より、あなたはどうするんですか？」

「は？」

「あまり介入するのも野暮《やぼ》だと思ってましたが、まったく変化がないのでいい加減じれてきますよ」

ネイトはそう言って、トントン、と指でテーブルの上を叩く。

「そもそもカタリナに『好きだ』って言ってます？　『好きだから妻になってほしい』とちゃ

んと自分の気持ちを説明しました?」

「は?　なにを言って……」

シリウスは苦笑しつつ、今更過ぎるネイトの疑問に反論しようと、口を開きかけたが——。

「……あれ?」

シリウスの思考が一瞬停止する。

そういえば、『そばにいてほしい』とか『俺にはお前が必要だ』とは伝えた記憶があるが『好きだ』と言った記憶は一度もなかった。

もしかしてカタリナはシリウスの気持ちを知らないのだろうか。だからなにを言っても困ったように笑うだけで、自分の気持ちに返事をくれなかったのだろうか。

そう思うとすべてが納得できる。

「いや、嘘だろ……。もしかして、そういうことなのか?」

想像もしなかった真実に、頭を大きな金槌《ハンマー》で殴られたような気がした。

シリウスはテーブルの上に肘をついて頭を抱える。

「やっぱり……」

ネイトは案の定、と言わんばかりに驚いた様子もなく、鼻でフッと笑うだけだった。

「あなたのことだから、『自分にはカタリナが必要なんだ』とか言ってそうですけど。そんな臣下にも言うようなセリフじゃ、カタリナに通じるはずがないでしょう」

「いや、だって……好きとか、当たり前すぎて……だろ？　子どものころからずっと、ずううっと好きだったんだぞ？　俺の気持ちは皆知っていただろう！」

いつも落ち着いていると言われるシリウスだが、さすがに取り乱してしまった。

そう、シリウスにとってカタリナへの思いはもう当たり前の日常なのだ。

九歳でリーヴェン伯領へと療養に行き、カタリナに初めて会った時からずっと彼女を思っていたのだ――。

＊＊＊＊

今から十二年ほど前。

王都から何日も馬車に揺られて、すっかり弱ってしまったシリウスの前に現れたのは、陽気をそのまま人の形にしたような、女の子だった。

「初めまして、カタリナよ！」

馬車から降りたところでいきなり声をかけられて、戸惑ってしまったが、辺境伯とその息子たちの姿を見て、ホッとした。

なるほど、彼女が話に聞いていたリーヴェン伯の一番下の娘らしい。

裕福な辺境伯令嬢だというのに彼女が着ているドレスは質素だったが、子供を悪運から守る角笛型のお守りがドレスの裾に縫い付けられている。周囲から愛されて大事にされているのだろう、そんな空気が彼女から伝わってきた。

「ね、お名前なんていうの！」

好奇心で緑の目がキラキラと輝いている。

すぐにでもベッドに横になりたかったシリウスは、騒々しいカタリナに少し辟易《へきえき》したが、

「シリウスと、いいます……」

彼女の質問に答えつつ、カタリナの背後に立つ辺境伯カーティスを見上げた。

「王子。うちには何度かお目にかかった三人の息子と、この……やんちゃな末娘がおります。リーヴェン領はおだやかな気候とうまいメシがあります。きっと王子も元気になりますよ」

「はい……」

生まれた時から体が弱く、このままでは成人を迎えられないだろうと医者の診断を受けて、シリウスは父王たっての願いでリーヴェン領に預けられることになった。

（こんなところで、母上と離れて一年も暮らさないといけないなんて……）

若干絶望しながらやってきたシリウスだが、わがままを言える立場ではないとわかっていた。

体が弱くてすぐに熱を出すたび、母は寝ずに看病してくれた。

そばにいてくれるのは嬉しいが、悲しい顔をさせているのは辛かった。

（俺さえ強ければ、こんなことにならずに済んだんだ……）

だからシリウスは、体を丈夫にするため、死ぬ気でここにやってきたのだ。

シリウスに与えられた部屋は南向きの美しい部屋だった。質実剛健を絵にかいたようなこの屋敷の中では、少し異質にも思える上品で美しい佇《たたず》まいだ。窓の外には穏やかに流れるリーン河が見える。

（リーン河は年に一度氾濫を起こして、肥沃な堆肥《たいひ》を運んでくれる。それがこのリーヴェン領の豊かさに繋がっている……んだったな）

つい先日、王国の成り立ちについて家庭教師に習ったことを思い出す。

リーヴェン辺境領はフレイドにとって最も重要な領地のひとつだ。辺境伯はかなりの快男児で、父王もかつて士官学校で机を並べた仲であり、信用に足る人物だとシリウスに話してくれたことがあった。

案内された部屋の窓辺に立ち、ぼんやりと外を見つめていると、

「いい部屋でしょう！　ここは亡くなったお母さまのお部屋なの！」

「うわあああ‼」

隣で大きな声がして、驚いたシリウスはその場にしりもちをついてしまった。

「かっ……カタリナ？」

目を白黒しているシリウスに向かって、カタリナはすっと手を伸ばしてくる。

た。

「つかまって！」

「あ、ありがとう……」

驚かされたのは自分のほうなのでお礼を言うのはおかしな気もするが、つい口にしてしまった。

（亡くなったお母さま……か）

シリウスの両親はふたりとも健在だが、彼女は母を亡くしているらしい。

そういえばリーヴェン伯が後妻を娶らないという話を父から聞いたことがあった。

（『リーヴェン伯は亡き妻を今でも心から愛している』のだと……）

フレイド王国の王子として生まれはしたが、母の身分が低いことでシリウスは冷遇されている。周囲はシリウスが子どもだからわからないと思っているかもしれないが、口さがない侍女や城の者たちからの対応で、シリウスは自分の立ち位置をよく理解していた。

だがシリウスは母の言いつけを守って『王子』であろうと努力している。

お城にある本を片っ端から読み、家庭教師と共に学び、知識を身に着けている。唯一足りないのが、健康な体だ。

父王から『リーヴェン領で英気を養え』と言われたときも、驚きはしたがすぐに受け入れた。

（俺は……強くならなければいけない）

それが母を守ることにもなるからだ。

「おうちを案内するわね。行こう！」

「あ、うん……」

握った彼女の手はびっくりするくらい熱かった。

城にはこんなふうに自分に接してくれる子供はいないからか、ドキドキしているのだろうか。

（カタリナ……キラキラしてる）

眩しくて目が逸らせない。

「本当のきょうだいみたいに、過ごそうね！」

太陽のように微笑む彼女を見て、シリウスの胸の鼓動は風邪を引いて寝込んだ時以上に、乱れるのだった。

＊＊＊

それからシリウスはリーヴェン領で一年を過ごした。特に年の近いカタリナとは本当の兄妹のように――。

覚悟して都を離れたはずなのに母が恋しくなって落ち込んだ時も、カタリナは誰よりも早くシリウスの異変に気が付いた。

『これ、私の宝物よ』

そして彼女が大事にしていたぴかぴかの木の実をくれたし、夜はこっそり部屋に忍び込んできて、一緒に眠ってくれた。

毛布にふたりで丸まって、夜通し話をしたことも、一度や二度ではない。

顔を近づけて本を読んでいるとき、何度も彼女のふっくらとした頰にキスしたいと思った。

もちろん一度だって実行に移せたことはなかったが、明るくて朗らかな少女を、孤独だった王子が好きにならないはずがなかったのだ。

強くありたい、皆が認める立派な王子にならなければならない――そう思うと同時に、カタリナがずっとそばにいてくれたらと思うようになっていた。

あれから長い年月が経《た》ち、シリウスの気持ちはまったく変わっていない。

むしろ恋心はどんどんと強くなり、硬度を増していき、今ではダイヤモンドよりもその思いは固く揺るぎないものになっている。

今も昔も、シリウスが心を開いている女性はカタリナだけだ。

親しい人たちは皆シリウスの想いを知っていただろう。

だから今更、好きだなんて言葉を本人に言わなくても、伝わっていると思っていた。

そのうえで『必要だ』と告げたのは、自分にとってカタリナはなくてはならない存在で、一生そばにいてほしい、というシリウスなりの愛の告白だったのだ。

「俺にとっては当たり前すぎたんだが……カタリナはそうじゃなかったのか」

シリウスがうめくようにため息をつくと、ネイトが果実酒をあおりながら苦笑する。

「昼間も言いましたけど、カタリナは男ばかりの環境で育って、激ニブな上に恋愛感情の機微がまったくわからない、リーヴェン辺境伯の『やんちゃな四男』なんですよ。だからシリウスがはっきり、きちんと自分の気持ちを説明して、今後どうしたいかを話さないと、たぶん永遠にこのままです」

「……ああ……そうだな」

ネイトの助言はまさにその通りで、とりあえず近くに呼び寄せればなんとかなると思った自分が滑稽で仕方ない。

「士官学校の二年間で、まったく俺の好意が伝わってなかった時点で、そうだよな」

「そうですよ。年に一度の創立記念日で、毎年シリウスがカタリナとしか踊らなかったのも、『自分がダンスのパートナーがいないのを率先して助けてくれてる』としか思ってませんでしたもんね」

ネイトが過去のシリウスの奮闘を思い出したのか、くすりと笑う。

「むしろ俺の方が『カタリナにダンスを申し込みたい』と思う男たちを牽制するために一番に名乗りを上げていただけなんだがな」

カタリナは士官学校では特別な存在だった。

お堅い学生服の下に、女性的で魅力的な体を隠し持っていることに気づかない男子学生はいなかったし、情熱的な煉瓦色の赤い髪に、新緑を映し取ったようなペリドットの瞳がキラキラと輝くのを見て、惹《ひ》かれない男もいなかった。

天下を傾けるような美貌をもつわけではないが、とにかく溌剌《はつらつ》としていて愛らしいのだ。

彼女は一緒にいて居心地がよく、そのくせこちらをすべて包み込んでくれるようなあたたかさがある。

カタリナが自分はまったくモテないと思い込んでいたのは、ひとえにシリウスと彼の恋心を応援する幼馴染たちの努力の結果だった。

この二年、シリウスはカタリナがそうと気づかないまま、『カタリナ・フォン・リーヴェンはシリウス・ジャック・フレイドのモノである』と見せつけてきたつもりだった。

とは言うものの、本人に伝わっていなかったのであれば、本末転倒だが。

「まぁ、あなたには表向きには聖女という許嫁がいますからね。学生の間は幼馴染として、周囲を牽制するのが精いっぱいだったのは仕方ありません」

そしてネイトは手元のチキンの骨をきれいに外しながら、紫水晶に似た美しい目を細める。

「ですがもう遠慮している場合ではないですよ。カタリナのことだからあなたが王になることが決まったら、仕事は終わったとばかりに勝手に故郷に帰るかも」

「ああ、わかってる」

しっかりとうなずきつつ、シリウスは心配性の幼馴染の気遣いをありがたく思うのだった。

宴もたけなわになったところで、シリウスは先に王都に戻ることにした。フィルとネイトのふたりは村に残るように告げる。

「なぜ僕も？」

いつも澄ました顔をしているネイトが、頬をひくつかせた。

「酒に弱いフィルを明日連れて帰る人手がいるだろう」

そういうと、ネイトはさらにいやそうな顔をしたが、シリウスは笑って数人の兵士とともに王都へと戻ることにした。

幼馴染たちにはバレているかもしれないが、シリウスは一刻も早くカタリナの顔を見たかったのだ。

離宮に戻り着の身着のまま、カタリナの部屋のドアを叩く。

「カタリナ、俺だ」

時刻はすでに日付が切り替わるころだ。もしかしたら寝ているかと思ったが、

「――シリウス？」

細くドアが開いて、白いネグリジェの上にペイズリー柄のショールを羽織ったカタリナが姿を現した。羽織っているショールには見覚えがある。たしか学生時代に使っていたものだ。

なんだか無性に懐かしくて、カタリナが愛おしく、抱きしめたくなる。

しかも部屋を照らすオイルランプの灯《あか》りの中、彼女の白くて豊かな胸がちらりと見えて、ドキッとした。

カタリナの胸の上には小さな袋がのせられていた。カタリナは寝るとき以外はずっとそこでぴぃちゃんこと『竜の卵』をあたためているのだ。

(竜の卵……か)

これに関してはシリウスも言いたいことがあるが、とりあえず呑み込んで、カタリナの美しい緑の瞳を見つめる。彼女の瞳の中に自分のシルエットが映るのを見るのが、シリウスは昔からなによりも好きだった。

見つめあっている間、今この瞬間だけでも彼女を独占している気がする。

「遅くにすまない」

「ううん、まだ起きてたから大丈夫よ。魔獣退治お疲れ様」

カタリナはにっこりと微笑むと、ドアを開けてシリウスを部屋の中へと招き入れる。そしてくるりと背中を向けて「お茶でも用意しようか?」と親しげに問いかけてきた。

(——相変わらず無防備だな)

幼馴染だから、仕える王子だからと無条件で信じてしまうカタリナの人の良さに付け込んでいる自分だが、本気で心配になってしまう。

実際、カタリナが離宮に来てから『新しいメイドがかわいい』と兵士たちの間で噂になっているらしい。彼女が辺境伯令嬢だと気づいている人物などひとりもいない。貴族の令嬢が侍女に扮《ふん》しているなど誰も思わないから当然なのだが、シリウスは気が気ではなかった。

「カタリナ」

シリウスは両腕を伸ばしてカタリナを背後から抱きしめると、その首筋に唇を押し付ける。豊かな煉瓦色の赤い髪は、おさげ髪に編まれている。身じろぎすると、彼女の肌から清潔な石けんの香りが漂った。彼女の柔らかな肌、しっとりした抱き心地に甘い眩暈がする。

「シリウス……？」

驚いたように体を震わせながらも、彼女はシリウスの腕を振りほどいたりはしなかった。

「どうしたの？」

カタリナの声は優しく、ただ純粋にシリウスを心配している気配がある。

だが同時に、どんな美女を娶《めあわ》せられてもピクリともしなかったシリウスの男根は、たちまちビクビクと力強く脈を打ち始めるのだ。

（抱きたい……）

父王が亡くなった夜、シリウスはどうしてもひとりが耐えられず、幼いころから思いを寄せていたカタリナの元へと向かった。

彼女のそばにいられたら今のこの悲しみを乗り越えられると、甘えた気持ちがあったのは否定できない。

『私でできることがあったら、何でも言って』

シリウスはそんなカタリナの優しさに付け込んで、強引に抱いてしまったのだ。

初めて結ばれたあのすばらしい夜を後悔しているわけではないが、もう衝動でそういうことをするのはやめた。

シリウスはカタリナの体だけ欲しいのではない。なにより心が欲しい。

幼馴染やルシアからは『シリウスの努力が必要』と口を酸っぱくして言われているので、わかってはいるが、とにかく根気よくカタリナに自分の気持ちを理解してもらえるように頑張るしかない。

「カタリナ……もう少しこのままで。お前の匂いをかぐと落ち着くんだ」

そうささやくと、カタリナの体から力が抜ける。

「もう……」

ため息をつく彼女の顔は見えないが、『仕方ないわね』と彼女が笑っているような気がした。

四話　刺客と告白と

カタリナは聖女付きの侍女として、慌ただしくも充実した日々を送っていた。

日が昇ると同時に起床し身支度をしてからルシアの世話をする。といっても、彼女自身自分のことは何でもするし、できないことは教会から付き添ってきた三人の付き人がやってしまうので、カタリナのやることはそれほど多くない。

あくまでもいざというとき、彼女の身を守るためにそばにいるだけだ。

ちなみになぜ騎士ではなくメイドのふりをしているのかというと、カタリナの素性を周囲に知られないため、らしい。確かにロアン公やその取り巻きにカタリナの存在が知られると、警戒されて強硬手段を取られる危険性もある。

そのためカタリナは、メイドとして離宮で暮らすようになったのだ。

だがシリウスは、ちょっと不満があるようだ。

「――その眼鏡は必要なのか？」

ある日、シリウスとルシアのお茶会の給仕についたところで、初めてメイド服姿のカタリナを見た彼は、少し不服そうに顎先をつんと持ち上げながら、体の前で腕を組んだ。

なんだかカタリナを監視する教師のようでもある。士官学校を思い出し、カタリナはクスッと笑う。

「私は気に入ってるわよ。目にゴミも入らないし。ずっとかけてもいいと思ってるわ」

変装のためにネイトが用意した眼鏡をくいっと指で押し上げて見せた。

侍女服は、きっちりと編み込んだ髪に白のヘッドドレスをつけ、黒の後ろ開きのロングワンピースに、足回りがもたつかないためのパニエ、そして白いロングエプロンという簡素ないでたちだ。姫君のための衣装ではない。奉仕するための衣装だ。

ドレスのための苦しいコルセットもつけなくていいのが、なにより気に入っている。

「ずっとって……」

シリウスの流麗な眉が、しゅん、と下がった。どうやら彼はこのメイド服が気に入らないらしい。

「どうして気に入らないの？　普段の私だって着飾っているわけじゃないじゃない」

するとシリウスは、

「いや、だから……侍女だから、俺でもいけると思っている男たちが増える一方というか、なんというか……」

と、わけのわからないことをボソボソとつぶやいていた。

いつもはハキハキしているのにシリウスにはたまにこういうことがある。

「私はそういうカタリナも好きだわ。テキパキ働いているカタリナを見てると、こっちも元気を貰《もら》えるような気がするの」

そこに、仏頂面のシリウスの代わりに、ルシアが援護に入る。

「まぁありがとう、ルシア。お茶のお代わりはいかが？」

「いただくわ」

軽やかな返事にカタリナはふふっと笑って、ルシアのカップに熱い紅茶をそそぐ。

そんなふたりのやりとりを見て、

「女たちで手を組まれたら、俺は勝てそうにない」

シリウスは軽く肩をすくめて、優雅にカップを口元に運んだ。

「あら、殿下ごめんなさいね」

それを見てルシアが笑い、カタリナも笑う。

変な話ではあるが、この平和な時間がいつまでも続けばいいと思うくらいだった。

とりあえずそんなこんなでカタリナの聖女護衛生活はうまくいっているように思う。

（でもやっぱり外は緊張するわね）

今日のカタリナは、シリウスとルシアのお供で王都にある聖教会にきていた。

城下でのルシアの護衛は初めてである。

ルシアは決められた日に聖教会に行って信徒たちの悩み相談に乗ったり、癒しの力を使って人々の病気やけがを治療する活動を続けている。

今日も朝から数百人の信徒がやってきて、ルシアの前に大行列を作っていた。そんな聖女を、シリウスとカタリナは教会の柱の陰の目立たないところから見守っている、というわけだ。

教会の周りに長い行列を作っていた最後のひとりが、ルシアの前にひざまずいて祈りを捧《ささ》げ始めた。

「――ようやく、最後みたいね」

「ああ、そうだな」

カタリナの言葉に、隣に立っている騎士団服姿のシリウスがうなずいた。彼は王子としてここに来ているのではなく、ルシアの護衛の騎士というていをとっていた。

頭からヴェールをかぶったルシアが、足が痛むという老女のもとにひざまずいてそっと手をあてると、淡い黄金の光が彼女の手のひらから溢《あふ》れて足を包み込む。

老女はゆっくりと立ち上がると、「痛みが引きました！」と一気に笑顔になった。

そしてルシアを拝みながら胸元から硬貨が入った袋を大事そうに取り出し、ルシアのそばに立っている少年の持つ盥《たらい》の上に置いて、また何度も頭を下げつつ教会を出ていく。

ルシアに癒しの力を使わせて、教会は金銭を得ているのだ。

（あれがお布施《ふせ》……？　教会のやり方がおかしいと思うのは、私だけかしら……）

だがカタリナは教会のやり方に口を出せるような立場ではない。

「ルシア、お疲れ様」

そうやって、最後のひとりが出ていくのを見送り彼女に声をかけると、ルシアは少し疲れた様子でカタリナとシリウスを振り返り微笑んだ。

「ありがとう」

ルシアは教会からその神秘性を大事にするために、奉仕の時は頭からヴェールをかぶらされているが、ちらりと覗く顔は青ざめていた。

半日、水しか飲まずに癒しの力を使い続けてきたのだ。疲労困憊《ひろうこんぱい》も当然だろう。

「私、ちょっと疲れてるから休んでいきたいんだけど、帰るのはそれからでいいかしら」

「勿論だ。俺たちはここで待っているから、気にせずゆっくり休んでくれ」

シリウスが当然だといわんばかりに深くうなずいた。カタリナもそれに倣う。

だがルシアは、

「あら、待っていなくてもいいわ。日が落ちる頃に迎えに来てくれたら……ああ、そうだわ、殿下はカタリナに王都を案内してあげてはどうかしら？」

と、謎の提案をしてきたから、驚いてしまった。

「えっ？　でも私はあなたのそばにいるべきでしょう？　護衛なのよ」

「教会は安全よ。私の部屋には野良猫一匹入れやしないから。じゃあまた後でね」

ルシアは少し疲れたように笑って、付き人たちと一緒に教会の奥へと消えてしまった。

「……シリウス、いいの？」

残されたカタリナは、ちらりと隣で渋い表情をしたシリウスを見上げる。

「まぁ……そうだな。安全といえばそうだろう。ここは彼女のための鳥かごだ」

鳥かごという言葉にドキッとするが、その言葉は大げさではない。ルシアは物心ついてからずっとここに囚《とら》われているようなものだ。

「必ず迎えに来るわよね？」

「勿論だ」

シリウスは力強くうなずくと、それからカタリナをじっと正面から見下ろす。

「——ルシアもああ言ってくれたし……どうだろうか。俺とナパールを見て回らないか」

「そうね。二年ぶりだしね」

カタリナもこくりとうなずいて、シリウスと王都を見て回ることにしたのだった。


昔はよく幼馴染たちとお忍びで露店をひやかしたりしたものだが、王都ナパールを歩くのは本当に久しぶりだった。今晩の献立を買いに来ているのだろう。立ち並ぶ屋台にも人が多く並んでいる。肉を焼く香ばしい香りや香辛料の匂いが食欲をそそった。

「ねぇ、シリウス。なんだか街並みがきれいになってる気がするわ。なんだろう……空気の匂いが違う気がする」

カタリナはあたりをきょろきょろしながら、隣を歩くシリウスを見上げる。

「実は一年ほど前から、上下水道の整備を始めたんだ」

「えっ！」

上下水道の整備と聞いて、カタリナは仰天した。上下水道など貴族の屋敷にしかないものだからだ。

「昔、医官から『王都で毎年流行《はや》る病の原因は、市井の人々の使う水かもしれない』という報告を受けてな。金がかかることだから臣下たちからは反対はされたが、川の水を鉛管《えんかん》と石造りの水路に引いて、水をろ過して供給することに成功したんだ」

そういうシリウスの目はキラキラと輝いていた。

「それを一年前から？」

「ああ。父上がご健在のうちに計画を進めて、形になったのはこの半年くらいだが……」

どこか遠慮した様子だが、シリウスは二年間、士官学校に通っていた。その間は一度も王都に戻れなかったはずである。きっと入念に準備をしていたのだろう。

「すごいわ、シリウス……！」

カタリナは学校に入ってからはずっと日々の勉強や訓練にいっぱいいっぱいで、まったく余裕がなかったというのに、シリウスは遠く離れた場所で、人々の生活がよりよくなるすべを、考えていたらしい。

そのことを踏まえて改めて町を注意深く見てみると、いたるところで変化があった。

たとえば学校だ。平民の子どもに読み書きを教える学校が、いくつもできている。聞けば無料で通えるのだとか。

「学べる期間は半年だけだが、読み書きができるようになれば子のためにもなる。子供たちに教えている教師も、元々は生徒だ。煉瓦を作るよりも高い賃金を払えば親も文句は言わない。さらに学びたい子供を集めて上級学校をつくるつもりでいる」

「それも無料なの？」

「もちろんだ」

そしてシリウスは長いまつ毛に囲まれた目を細めて、元気よく石畳の上を走って遊ぶ子供たちを見つめる。

「民は自分達のために存在すると思っている貴族もいるが、俺は逆だと思う。俺たちこそが彼らに生かされているんだ。フレイドは帝国のように豊かな国ではないからこそ、この国に住まう人たちを大事にしなければならない」

そういうシリウスの横顔は夕日に照らされて、とても崇高なもののように見えた。

「シリウス……」

王族らしい豪華な刺繍が施された衣装ではなく騎士団服姿だが、そう語る彼の横顔は、どんな王族よりも気高く美しく見えた。

ここにいる民たちは、噴水に座った貴人がこの国の王子だとは誰一人気づいていない。

それもそうだ。シリウスは自分の功績をひけらかすことを一切しないのだから。

（じれったいな……）

カタリナはいたって俗物の自覚がある、普通の人間だ。シリウスのように黙々と地道な努力を続けることの難しさを知っている。

だからこそシリウスにもどかしさを感じてしまうのかもしれない。

もっと報われて欲しいと思ってしまう。

そんなカタリナの葛藤などいざ知らず、

「だが本当は今一番増やしたいのは救護院なんだ。だがこれは圧倒的に人員不足で……もう少し時間がかかりそうではある」

シリウスはそう言って、何気ない様子で広場の真ん中にある噴水に腰を下ろした。つられるようにカタリナも隣に腰を下ろす。

「我が国にはルシアがいるが、彼女ひとりで全国民を癒せるわけではない。癒しの力だって病を根治するものではない。なにより彼女一人に負担をかけるのも間違っていると、俺は思う」

「だから……救護院を作るの？　ルシアのために」

癒しの力を使うルシアを見守っていて、カタリナは気が気ではなかった。途中何度も休ませてあげればいいのにと思ったのだが、聖教会はそういうつもりはないらしく、ルシアはずっと癒しの力をふるい続けてきた。

彼女の体があまり丈夫ではないと言うのは、聖教会のせいではないか、そんな気すらしていたのだ。

「いや……ルシアのためというよりも、彼女のおかげでやらなくちゃいけないと気づいたこと、だな。だからせめてもの礼に、彼女を自由にしてやりたい」

そしてシリウスは隣に座ったカタリナの手を取って、ぎゅっと握りしめた。

「カタリナ……」

噴水の小さな水しぶきが、夕日を反射して彼をキラキラと輝かせる。

こちらを見つめるアイスブルーの瞳は、澄み切ったフレイドの空を写し取ったように美しく、強い決意を秘めている。

「俺は王になる。だからお前には、俺を支えてほしい」

「シリウス……」

支えてくれなんて、頼まれなくてもそのつもりだった。

小さくて女の子のようにかわいかった彼と出会った時から、ずっとシリウスを支えるのだと信じていたのだ。

「勿論よ、私はあなたの臣下なんだから」

士官学校に入学する前にも、彼にそう誓ったはずだ。

こくりとうなずくと、彼は緩く首を振る。

「そうじゃない。妻として……側室ではない、たったひとりの正妃として、未来永劫《みらいえいごう》、俺を支えてほしいんだ」

「それは……」

「お前は、俺が責任を感じていると、思ってるんじゃないか。そして今は、その……ぴぃちゃん欲しさにお前に求婚していると」

「……」

ずばり言われて、思わず口ごもる。

確かにずっとそう思っていた。最初の夜から、そしてここにやってくる前までは――。

黙り込んだカタリナを見て、『やはり』と思ったようだ。

「俺にとって、お前を思う気持ちは当たり前すぎて、言わなくても伝わっていると思い込んでいた。すまない。俺は言葉が足りなかった」

シリウスの声が熱を帯びる。

「だから改めて告げる。カタリナ……俺はお前を愛しているんだ。十二年前、リーヴェン領で一緒に過ごしたあの時からずっと、俺はお前に恋をしている。お前が好きだ。お前しか好きじゃない……ずっと……ずっと、カタリナをひとりの女性としてずっと愛おしく思っている」

シリウスの目が夕日に照らされて、キラキラと宝石のように輝いている。

「えっ……？」

突然の熱烈な告白を受けて、カタリナは驚きのあまり凍り付いてしまった。

頭の中をシリウスの言葉がグルグルとまわり始める。

（ずっと好き？　子どものころから？　私だけ……？　えっ、えっ⁉）

シリウスが自分を愛しているなど、微塵《みじん》も考えなかった。

もちろん、幼馴染として大事に思ってくれているとは思っていたが、それだけだ。

（えっ、うそ、本当に……？）

言葉を失ったカタリナたちのすぐそばを、学校帰りの子供たちが、駆けっこをしながらきゃあきゃあと通り過ぎていく。屋台の焼き鳥を大量に持った父親と手を繋いだ娘が、はしゃいだように家路へと向かっていた。

夕暮れ時の、平和な風景だ。

だがカタリナはそれどころではない。

顔がカーッと熱くなり、全身から汗が噴き出して心臓が信じられないくらい鼓動を速める。

「カタリナ、返事を……聞かせてほしい」

真摯に見つめるシリウスの眼差しに、カタリナは唇を震わせる。

「えっと、あのその……私のことが好きだから……あの夜、シリウスは私のところに来て……私を抱いたの？」

「そうだ。甘えてしまったが、後悔はしていない」

「それからずっとなにか話したそうにしていたのも？」

「秘密にするべき、聖女との密約を話してしまおうかと迷っていた」

「ひとりでリーヴェン領に追いかけてきたのも……」

「お前を失いたくないからだ」

シリウスはきっぱりと言い切って、そしてぎゅうっと唇を一文字に引き結ぶ。

「カタリナ。気持ちを聞かせてほしい。お前にとって、俺はまだただの幼馴染なのか。ひとりの男としては見られないか……知りたいんだ」

その瞬間、いつも冷静沈着なシリウスが少しだけ子供っぽく見えた。

王子ではない、ひとりの男性として、シリウスが自分と向き合ってくれている。

そう感じたカタリナは、緊張しながら彼を見つめ返した。

「シリウス……ありがとう。ちょっとびっくりして……でも、嬉しい」

メイド服の下の心臓がありえない速さで鼓動を打っていた。

もう誤魔化せないし、茶化《ちゃか》すこともできない。カタリナは大きく深呼吸する。

「カタリナ」

カタリナの名を呼ぶたび、シリウスのアイスブルーの目が夜空に浮かぶ星のように輝きを増していく。この世にこんな美しいものがあったのかと、胸が締め付けられる気がした。

「私は……昔からずっと……あなたを支えたいって思ってた」

カタリナは夕日にかすかに目を細めながら、隣に座るシリウスに目をやる。

夕方の少し冷たい風がふたりの間を吹き抜けて、カタリナとシリウスの髪を揺らしていく。

「支えたい……一番、近くで。それが私の子供のころからの夢だったわ」

彼が子供の頃からずっと自分を好きでいてくれたというのは、正直驚き以外のなにものでもないのだが、だからこそようやくいろんなことに納得もいった。

「それは友人として……？」

シリウスが少しだけ眉尻を下げて問いかける。

「それは……」

カタリナはふるふると首を振る。

「シリウスの気持ち……聞けて嬉しかった。あなたは私にとって、ただの幼馴染じゃ、ないわ……」

そう、嬉しかったのだ。シリウスが自分を思ってくれていると知って、胸が弾んだ。

「でっ、でもね、まだその……正妃っていうのは、考えさせてほしい。もちろんあなたが命じれば、私に逆らうすべはないいんだけど……でも、時間が欲しいの」

王家に仕える立場でありながら、こんなことが許されていいのかわからない。

だがそれはカタリナの素直な気持ちだった。

考えて、消化して、受け入れる時間が欲しかった。

「わがままを言ってごめんなさい」

カタリナが肩を落とすと、目の前のシリウスは慌てたように首を振る。

「いや、カタリナが謝ることはない。急な話だ。カタリナだって考える時間が必要だろう……。それに、拒絶されなかったのがなにより嬉しい」

そしてシリウスはカタリナの手をそっと口元に引き寄せると、手の甲に優しく口づける。

「カタリナ、ありがとう」

まるで姫君にするような態度に、カーッと頬が熱くなった。

「だっ……だめよ、人が見たら、あなたが変に思われる」

王族とバレなくてもいかにも貴族然としたシリウスが、メイド服の女に恭しく口づけるなどあってはならないことだ。慌てて手を引こうとしたが、シリウスの手はしっかりとカタリナの手を握っていて離してはくれなかった。

「カタリナ。お前に関しては、他人にどうこう制限されるいわれはない」

その瞳に凛とした輝きが宿る。

気が付けば彼の腕が背中に回り、強く抱きしめられていた。

「カタリナ……愛してる」

「っ……」

耳元で愛しているとささやかれて、頬に熱が集まってくるのが分かる。

シリウスの声は甘くて低い、美声だ。ささやかれるだけで腰にくる。

耳や首筋まで熱くなって、胸の谷間に収めているぴぃちゃんが、この熱で生まれてしまうのではないか、そんな気がした。

「や、やだ、恥ずかしいからっ……」

頬や首、耳まで真っ赤になっているのが自分でもわかる。

だがシリウスはそんなカタリナを見てひどく満足したようだ。

「恥ずかしい？　そうか、最初からこうすればよかったんだな。今後はお前がその気になってくれるように、しっかりと愛を告げていこう」

と、甘やかにささやいて、腕に力を込めてしまった。

きっぱりと言い切ったシリウスは、妙に堂々として晴れ晴れしている。

「もうっ……」

考えさせてと言ったのは、ひとりで落ち着いて判断したいからなのだが、シリウスにその気はないようだ。

（こ……これは、私の心臓はもつのかしら……？）

墓穴を掘ったような気がしないでもないが、カタリナはシリウスの腕の中で、甘いひと時に身を任せてしまうのだった。


シリウスに遠慮はしないと宣言されてたじたじになっていたカタリナだが、ルシアのメイドとして彼女を警護する仕事は、それからもしっかりと続けていた。

今日はルシアが聖教会での祈りの儀式に参加するというので、カタリナも付き添うことになった。城下に降りるのは十日に一度ほどだが、気は抜けない。聖教会の大聖堂はおごそかな雰囲気に包まれており、中は超満員である。

（すごい人数……千人はいるんじゃないかしら）

カタリナは大聖堂に並べられた長椅子の端に座り、数列前に座っているルシアの後姿を見つめる。

相変わらず頭からヴェールをかぶらされているが、布一枚では隠しきれない美貌が彼女を目立たせていた。

本当はルシアの隣に座りたかったが、教会から聖女のそばに侍女がいるのはふさわしくないと言われて、引き下がるしかなかったのだ。

（あの体じゃ、いざってときにルシアを守れないでしょうに……）

彼女の両端には今日も変わらず、ゴテゴテと派手な祭装を身に着けた司教が座っている。彼らが首から提げたストラには宝石が縫い付けられていて、チカチカと瞬いていた。随分値の張りそうな代物だ。

カタリナにはどうもルシアが教会の権威の道具にされているように見えて、気に入らない。離宮ではころころと笑っているルシアが、ここに来るといつも塞ぎこんだように無口になるのも、心配だった。

やがてこの中で一番派手な祭服を身に着けた大司教がおごそかな様子で前に出て、台の上に載せられた一抱えはありそうな聖書の前に立つ。

「では、祈りを捧げましょう。『ともしびの記』を開いてください」

大司教の言葉を合図に、金色の髪をした美少年が駆け寄って、聖書のページをうやうやしくめくると、大司教はうむ、と大きくうなずいた。

(それくらい自分でやんなさいよ……!)

思わず脳内でののしってしまったが、このくらいは許してほしい。

カタリナもしぶしぶ手元から聖書を取り出して、目を落とす。

『ともしびの指先から、我らは生まれた――』

それから大司教の祈りの声が朗々と聖堂に響き始めた。

聖教会が信仰する神は、この大地を創造したという両性具有の神である。その尊い名は聖教会だけの秘密で、信徒たちは神を『ともしびの指先』と呼んでいる。

『ともしびの指先』はフレイド王国だけではなく、この大陸のほとんどの国で信奉されている神ではあるが、カタリナ自身は神を深く信じているわけではない。食事のたびにお祈りはするが、それだけだ。

むしろ神様が本当にいるなら、ルシアひとりに苦労を負わせるのはなぜかと聞いてみたいくらいだ。聖教会の人間に聞かれたら処罰どころの話ではないだろう。

(早く終わらないかなぁ……)

罰当たりなことを思いつつ、カタリナは祈りの言葉に耳を傾けルシアを見つめた。

だが当のルシアは至極まじめな表情で、壇上の大司教に視線を向けている。

いや大司教を見つめているようで、内心は違うかもしれない。自分の心の中にいる『神』を見つめているのかもしれない。

(ルシアはずっとここで生きていた……癒しの力をもっているから、聖教会に縛られて……シリウスとの婚約だって、王家との繋がりを考えてのことでルシアの意思ではないわけだし)

長い間、聖女として生きてきた彼女に『もういいよ』と言ってあげる人は、シリウス以外にいなかったのだろう。そう思うと少し悲しかった。

頭上の大きなステンドグラスから、虹色の光が注ぎ込み、床に複雑な模様を作っている。

ルシアに対する司祭らの態度はあまり好きではないが、教会という場所は嫌いじゃない。

長いお祈りがようやく終わりを迎えて、人々が息をつき椅子から立ち上がり始める。当然、この場でもルシアと一言でも話したいと思う信徒たちが集まってきて、すぐに人の輪ができた。

（ルシア、顔色が悪いな……）

人の輪の中心にいるルシアは穏やかに微笑んでいるが、明らかに無理をしている。離宮にいるときの彼女とまるで違う。

これは早々に帰らせた方がよさそうだ。

ルシアのもとに行こうと一歩足を前に進めたところで、カタリナの視界に強引に人をかき分けて進むローブの男が目に入った。

（ん？）

人の流れとは違う動きをする人間は目立つものだ。つい目で追いかけていると、その手の中に、キラリと光る何かが見えた。

全身が粟立《あわだ》つ。次の瞬間、カタリナは立ち並ぶ長椅子の背もたれの部分に足を乗せ、飛び上がっていた。

「ルシア！　下がって……！」

「えっ、カタリナ……⁉」

突然目の前に飛び込んできたカタリナにルシアが驚いたように声を上げるのと、カタリナがロングワンピースの下の腿《もも》に装着したベルトから薄いナイフを抜くのはほぼ同時だった。

かけていた眼鏡が吹き飛んだが、拾う暇もなかった。

ガキンッ！と刃がぶつかる衝撃で、火花が散りローブの男が忌々し気に叫ぶ。

「クソッ　護衛がいたのか！」

体当たりするようにルシアに突進した男はローブの下に鋭い暗器を隠し持っており、ルシアめがけて投擲《とうてき》したのだが、カタリナがそれをすんでのところで弾《はじ》き返《かえ》したのだ。

「きゃあああ！」

短剣を見た市民が悲鳴を上げる。途端に周囲は蜂の巣をつついたような大騒ぎになり、人々はいっせいに出口に向かって走り出した。

カタリナは近くにいた司祭に背中にかくまったルシアを押し付けると、ナイフを正眼で構えてローブの男を見据えた。

「聖女を頼みます！」

「チッ……！　小娘が！」

男は即座に暗器を捨てて胸元から取り出したナイフを逆手に持ち替え、大きく踏み込んで鋭くカタリナの喉を狙う。

この最初のひと突きを避けられたのは幼馴染たちがよく言う『野生の本能』だったかもしれない。それでも大きくのけぞったカタリナの首筋の皮一枚が切られて、鮮血が飛んだ。

痛みを感じる暇もなかった。

（早い……！）

迷いのない、暗殺者の太刀筋だ。こうなると同じ獲物で戦うのは分が悪い。カタリナは踏み込んだ右足を後ろにやって重心を下げると、ナイフが突き出される腕の下をかいくぐり、体を回転させながら足を振り上げた。

腕よりも足の方が長い。威力もある。

一度目、二度目、ギリギリでナイフを避けて足技を繰り出すたび、ロングワンピースの裾が花のように広がった。カタリナと暗殺者の周りには逃げ遅れた人が少しだけ残っていたが、あまりの速さに茫然と見ているだけのものもいる。

（今だ……！）

カタリナの集中力が研ぎ澄まされたその瞬間、しなやかな脚が鞭《むち》のようにしなり、男の脛《すね》にめり込んでいた。

「ギャッ！」

男が仰向けに倒れながら床に背中を打ちつける。脳内に人間の体にある急所が浮かぶ。

（首の左右の頸動脈《けいどうみゃく》、両腕内側に上腕動脈……腹部深部には腹部大動脈！）

カタリナは即座に飛び掛かり、持っていたナイフをそのままするりと男の腹に突き刺していた。

暗殺者と目が合う。強烈な殺意と、そして恐怖に彩《いろど》られた眼差しだ。

だがカタリナは目を逸らさなかった。

逸らしたら死ぬのは自分だとわかっていた。

むしろ、恐怖からそのままナイフを急所に差し込もうとしている自分に気が付いて、なんとかこらえる。

「急所は外している。だけど動いたら命は保証しない……！」

声を押し殺してささやくと、掴《つか》んだナイフの刃を伝って、相手の肉が緊張で締まる感触があった。

「ハーッ、ハーッ……」

息が上がって、うまく空気が肺に入っていかない。だが神経は針のように研ぎ澄まされ、昂《たかぶ》ったままだ。

その数秒——本当にものの数秒の時間を、永遠に感じた。

なにも聞こえない。聞こえるのは自分の吐く息だけ。

だが次の瞬間、

「聖女暗殺未遂の犯人を確保しろ！」

凜と響く声とともに、遅れてやってきた騎士たちが教会になだれ込んでくる。先頭にいたのはシリウスだった。

「カタリナ！」

「シリウス……！」

シリウスは茫然としているカタリナのもとに駆け寄ると、その場にしゃがみ込んで、犯人の両手に手かせをはめた。そして腹にナイフを押し込んだままのカタリナの手を取って、一本一本柄から外していく。

「殺さなかったな。よくやった」

そして相変わらず言葉が出ないカタリナに向き合って、両手でくしゃくしゃとカタリナの頭を撫で始めた。

「怪我はないか？」

まるで犬でも撫でまわしているような手つきに、ほんの少しだけ視界が明るくなる。

両手、両足に切り傷はたくさんできていたが、致命傷ではない。

「うん、大丈夫……。でも今後はルシアの警護体制を考え直した方がいいかもしれない」

「ああ……そうだな。そのあたりはネイトに任せよう」

シリウスはゆっくりとカタリナの肩を両手でつかみ立ち上がらせると、近くの長椅子に座らせた。

「もうすぐフィルとネイトが来る。離宮までふたりに送らせる。それまでここで待っていろ。いいな？」

「――」

まだうまく息ができない。だが今ルシアのもとに戻っても、役に立たない自信があった。そのくらいはわかる。シリウスの申し出は素直にありがたかった。

「……うん」

何度か深呼吸を繰り返した後、こくりとうなずいた。ひどく気が高ぶっているせいか頭の芯が熱を持っているような気がする。ふと手のひらを見るとかすかに血がついていた。

(私がやったんだ……私が、人を刺したんだ……)

それからカタリナは離宮に戻り、傷の手当を終えてぼんやりと自分の部屋のベッドに腰かけていた。

馬車の中ではフィルとネイトがあれこれと気遣って話しかけてくれた気がするが、彼らの言葉はカタリナの耳を右から左に通り過ぎていくだけで、ほとんど頭に入らなかった。

離宮ではルシアの侍女たちが待っていて、カタリナを出迎えてくれた。

「ルシア様を守ってくださって、本当にありがとうございます」

彼女たちは泣きながらカタリナに感謝の言葉を告げたが、幼馴染たちの言葉同様、うまく呑《の》み込《こ》めないままだった。

（頭の中が、静かで……うるさい）

沈黙がうるさい経験は、生まれて初めてだった。

なにかしなければと焦る気持ちがあるが、よくわからない。なんだか自分の周りに薄い透明な膜が張っているような気がして、現実感がない。

（湯あみもしたけど……体が凍ったように動かない……寒い……）

ひとりになったカタリナは急に不安になって、ネグリジェの胸元からぴぃちゃんが入ったフロシキ袋を取り出し、両手の上にのせて話しかけていた。

「ぴぃちゃんもびっくりしたでしょう？　怖かったよね……」

じっと眺めていると、卵がうっすらと虹色に光っている。光が当たっているのか、それとも卵自身が発光しているのか、理屈はわからないが、なんとなく励まされるような気がする。

「ありがとうね、ぴぃちゃん」

卵にかるく口づけてまた胸元に仕舞う。

そうやってしばらくしたところで、突然「カタリナ」と、低い声がした。

顔をあげると部屋の入り口にシリウスが立っていた。教会で会った時と同じ、騎士団服だ。相変わらず絵のように端整なせいか、夢でも見ているような気になる。

「シリウス……また勝手に入ってきたの？」

カタリナがクスッと笑って頭をかしげると、

「何度もノックをしたぞ」

彼は呆れたように肩をすくめ部屋の中に入ってきて、カタリナの手を取った。

「軽食を用意したから食べるんだ」

「……うん。ありがとう」

言われて立ち上がると同時に、体中が強張っていることに気が付いた。

（いつの間にこんなに時間が経っていたんだろう……）

驚きつつも部屋の真ん中にあるテーブルへと向かう。

「殿下に食事を運ばせるなんて侍女失格ね」

笑ってソファーに座ると、シリウスがオイルランプに一つずつ明かりを灯《とも》してくれて、ようやく部屋の中が明るくなった。

「俺としては、お前の食欲がないほうが心配だな。病気の時でも山盛りのメシを食うだろう」

「ま、失礼なっ……本当のことだけど」

昔と同じ軽口を叩くと少しだけほっとした。

テーブルの上には食べやすく切ったフルーツと白パン、チーズと、あたためたワインが用意されている。

「いただきます」

カタリナはパンを手にとってナイフで切れ込みを入れ、チーズやフルーツを挟んでぱくりとかぶりつく。モグモグと咀嚼していると、シリウスがほっとした様子で表情を緩めて、隣に腰かけた。

テーブルをはさんだ正面ではなく、なぜ隣に座るのだろうと思った次の瞬間、シリウスはそのままカタリナの肩にコテンと頭をのせてささやいた。

「――無事でよかった」

心底安心したと言わんばかりの声色に、カタリナは食べていたパンを持ったまま、シリウスを見おろす。

「あの……ルシアは？」

「彼女も大丈夫だ。念のため今日はフィルの実家にいる。ネイトも一緒だ」

公爵邸であのふたりが守っているなら、ルシアが危険な目にあうはずがない。

「そう。なら安心ね……よかった」

ホッと胸を撫《な》で下ろしかけたのだが、ハッとしてシリウスの顔を覗き込んだ。

「えっ、ちょっと待ってあなたはここにいていいのっ⁉」

今日はさすがに襲われたルシアのそばにいるべきではないか。シリウスを貶《おとし》めたいロアン公に知られたら、大変なことになる。

「馬鹿を言うな。こんな時にお前をひとりにするものか」

だがシリウスは真顔でそう言い放った。

「……でも」

「ルシアはお前のことを気にしていたし……お前のことを気にしていた俺を気にして、早々に帰らせてくれた」

「そう、だったんだ……」

命を狙われたのは彼女だ。恐ろしい目にあったはずなのにこちらを気遣ってくれている。ルシアの思いやりに涙が出そうになった。だが泣けない。たとえメイド服を着ていようが自分は騎士のはずだ。

「俺はカタリナのそばにいる。誰に何と言われようとも」

「……」

シリウスがはっきりと口にしたその言葉を聞いた瞬間、張り詰めていた体に血が通い始めた気がした。

悲しいわけじゃない。だが何かが腹の底から熱いものが突き上げてきて、唇がわなないた。瞬きをすると、目の端からポロリと涙がこぼれる。

(そっか……私、結構、弱ってたんだ)

自分は聖女を守るためにここにきたのだから、ある程度のことは覚悟の上だった。

だが今日、ほんのまばたき一瞬でも動くのが遅れていたら、ルシアは暗殺者によってその命を散らしていた。そして自分だって、ナイフに毒でも塗られていたら死んでいたかもしれない。

正直言って、『死』に対する覚悟が足りていなかった。

「カタリナ……」

カタリナの涙を見て、シリウスが体を強張らせる。

「ごめん、もう大丈夫だから」

カタリナは持っていたパンを皿の上に置いて手の甲で涙を拭き、あたためたワインをひと口だけ口にした。アルコールが喉を通り過ぎて胃に落ちる、その感覚が『生きている』とカタリナを勇気づけてくれる気がした。

「でも、ほんとはちょっとだけ怖かったみたい……。会いに来てくれてありがとう」

それはカタリナには珍しく、素直な気持ちだった。大きく息を吐いてグラスをテーブルに置いて、自分の手のひらを見下ろす。

見ればまだ少しだけ震えているが、シリウスが無言でカタリナの手を両手で包む。そのぬくもりが今はなによりも心強い。

「――去年の課外授業で……でっかい熊みたいなイノシシみたいな魔獣を、三日三晩かけて、四人でやっつけたことあったよね。でも今日は人だったから……人の体に刃を突き立てたのは生まれて初めてだったの。それで……震えが止まらなくなったみたい」

後悔はしていない。こういう生き方を選んだのは自分だ。

だが今日は運がよかったのだ。ルシアを守れたことも、自分の命があることも。

そう思うと途端に恐怖が込み上げてきて、恐ろしくなってしまった。

「士官学校に入る前から騎士になりたいって言ってたのに……ちょっと情けないよね」

威勢のいいことばかり言っていた自分が恥ずかしくて、笑いたくもないのに誤魔化すようにヘラッと笑ってしまった。

「だったらもうやめるか」

「え?」

驚いて顔を上げると、オイルランプの灯りに照らされたシリウスの顔が近くに迫っていた。

「ルシアのことはフィルとネイトに任せて、このまま故郷に帰るか? 全てが終わったら迎えに行こう。俺はそれでもかまわない」

シリウスは澄んだ瞳でじっとカタリナを見つめた。

彼のアイスブルーの瞳の中に、炎の揺らめきが見える。

「シリウス……」

ここでうなずけば、シリウスはカタリナの意志を尊重してくれるのかもしれない。シリウスが『構わない』というのだから、それでもいいのだろう。

そしてルシアが帝国に行ってしまったら、そのうち、シリウスのもとに駆け付けて、妻になり……そしてシリウスが国境の紛争に出かけるのを、安全な場所から見送るのだ。

(見送る……? 違う……そんなの違う。そんなの、嫌だ……!)

そうだ。ここで聖女を守ることを放棄するなんてありえない。故郷に戻るなんて自分が許せない。士官学校で学んだことも、小さいころからの夢も諦めたくない。

シリウスを守る。大事なこの人を自分の手で守りたい。

カタリナはぎゅっとこぶしを握り締め、無言で首を振った。

「——お前はここで折れる女ではない。そうだな？」

そう問いかけるシリウスの声は温かく、自分への信頼を強く感じる。

シリウスは信じてくれているのだ。自分という一人の人間の可能性を信じて背中を押してくれている。

そのことに気が付いて、胸の奥にともしびが灯ったように温かくなった。

「うん……」

しっかりとうなずいて、それから頬におかれたシリウスの手の甲に自分の手のひらをのせる。

「ありがとうシリウス。目が覚めた。もう弱気になるのはやめる」

そう口にすると、体の中に一本芯が通った気がした。

カタリナの決意に燃える瞳を見て、

「カタリナ。お前は強い女だ。弱くなんかない。今感じている恐怖も、きっと明日のお前を強くする糧になる」

シリウスの端整な顔に笑みが浮かんだ。

「明日の私……?」

「ああ、そうだ」

こくりとうなずいて、彼はカタリナの頬を両手で包み込んだ。

「それでこそ俺が愛した女だ」

優しく目を細めて、そうっとカタリナの額に唇を寄せる。そして顔を傾けて唇をおしつけていた。

「あ……ん……」

シリウスの唇が柔らかくカタリナの唇をはみ、吸い上げる。久しぶりのシリウスの唇の感触にカタリナは少しだけ身じろぎするが、突き飛ばしたりはしなかった。

「──拒まないのか?」

唇を外したシリウスが、カタリナの背中に腕を回しながら耳元でささやく。

「……そうね」

シリウスの問いかけは少しずるいと思ったが、カタリナもまた曖昧な返事をしてしまった。

だが彼と離れたくなかったし、もう少しくっついていたかった。

(こうすれば私の気持ち、伝わる……?)

おずおずとシリウスの背中に手を回すと、彼の背中が少しだけ強張る。そのままふたりでじっと抱き合っていると、衣服越しにシリウスの体の熱が伝わってきて、いつまでもこうして抱き合っていたくなる。

「ねぇ。私が、今晩……ずっとそばにいてほしいって言ったら、どうする？」

　ふたりの最初の夜とは立場が逆になっていた。

『今晩は、ひとりでいたくない……お前が欲しい……カタリナにそばにいてほしい』

　あの夜そばにいてほしいと言ったシリウスの気持ちが、今はわかる。

　好きだ。シリウスがひとりの男性として好きだ。

　今更だがようやく気が付いた。

　カタリナにとっても、シリウスは当たり前のようにそばにいたいと思う存在だったから、わからなかったのだ。

「カタリナ……」

　シリウスの指が、そうっと結いあげられたカタリナの髪の中に差し込まれる。髪を束ねていたピンを外し、一本一本と外していく。ハラハラと豊かな煉瓦色の髪が零れ落ちて、カタリナの背中を覆った。

　目線を上げると、シリウスのアイスブルーの瞳がキラキラと輝きながらこちらを見つめていた。

「俺はもう、我慢をしなくていいんだな？」

「あ……」

うなずくよりも早く、シリウスはカタリナの体をすくうように抱き上げてベッドへと向かう。優しい手つきでシーツの真ん中にカタリナを寝かせると、上にのしかかりながら詰襟の首元に指を差し込んだ。

慌ただしく、少し焦れたように金色の釦を外し上着を脱ぐシリウスを見て、心臓が早鐘のように鼓動を刻む。

「あの、シリウス……」

「なんだ。もう俺は止める気はないぞ」

「わかってるわ、でもその……ちょっと待って」

ネグリジェの胸元にはぴぃちゃんがいるのだ。指でそっとフロシキ袋を撫でると、

「――そうだな」

シリウスはなんだか苦虫をかみつぶしたような顔になりつつ、上体を起こした。

「やっぱりほら、教育上ね……」

盛り上がりかけたところだったし水を差すつもりはなかったのだが、仕方ない。

カタリナはいそいそと体を起こすと、枕元のそばにある丸テーブルの上の宝石箱を開けて、その中央に胸元から出した卵を乗せてシリウスを振り返った。

「毎晩こうやってるの。ほら、ベッドも作ったのよ」

天鵞絨《ビロード》で作った袋の中に綿をつめたベッドだ。これなら寝心地もいいと思う。

それを見て、ベッドの上にあぐらをかいたままのシリウスがかすかに笑みを浮かべた。

「かわいがってるんだな」

「そんなの、当然でしょう。私とあなたの子なんだから、かわいいに決まってるわよ」

「っ……」

その瞬間、シリウスはなんだか泣きたいような笑いたいような不思議な表情になって、それから唇をぎゅっとかみしめる。

「ああ、カタリナ……すまない」

「すまない？」

なにが『すまない』というのだろう。

カタリナが首をかしげると同時に、シリウスは思い切ったようにベッドから立ち上がり、脱いだ上着をテーブルの上にふわっとかぶせてしまった。

「シリウス？」

「その……ぴぃちゃんの教育上、こうしていたほうがいいだろ？」

いたずらっ子のように笑って、カタリナのこめかみに口づける。

「あぁ、そうね……」

そこでようやくシリウスがぴぃちゃんに目隠しをしたのだと気が付いて、カーッと頬が熱くなった。

未だに生まれる気配は微塵もないが、確かに隠してもらった方がいい気がする。

こくりとうなずくと同時に、

「ではまぁ、あれだ……続きをしよう」

と、カタリナの体は改めてベッドに押し倒されていた。

シリウスはまず、包帯を巻いた腕や首筋に軽く口づけを落としていく。労わるような仕草に胸がときめくが、少し不安にもなった。

「――痕は残らないと思うんだけど……いやよね？」

今まで気にもしてなかったのに、シリウスに見られて初めてどうしようと思ってしまったカタリナだが、彼はふっと笑って首を振る。

「まさか。もちろん傷つけたやつは許せないが、これはお前の勲章だ。傷一つも愛おしい」

そしてこめかみに口づける。

「初めての時は、お前を堪能するどころじゃなかった。こうやって触れられて、夢みたいだな」

シリウスはそう言いながら、妙にしみじみとした様子でカタリナのむき出しになった肩を手のひらで撫でる。

「えっ……シリウスはすごくねちっこかったと思うけど……？」

「ねちっこ……って、お前……」

心外と言わんばかりに眉をよせる。もしかして自覚していないのだろうか。

「いっぱい胸触って、ずっと前からこうしたかったって、ビックリするようなこと言ったわよ」

「……まさか」

シリウスが視線をさまよわせる。

「本当だってば」

どうやら本気で覚えていないらしい。カタリナが少し呆れたように笑うと、シリウスは拗《す》ねたように唇を尖らせて、

「意地悪を言うな」

と、カタリナのネグリジェの襟元に両手をかけて、ゆっくりと下ろしていった。

真っ白でたわわなカタリナの胸が外気にさらされて、ふるふると揺れる。

「うまそうだ。俺に食べてほしそうにしている……」

そしてシリウスは両手でその乳房を下から持ち上げると、そのまま吸い寄せられるように乳首の先端に舌を這わせ始めた。

「あ、あっ……」

舌の先を尖らせてグイグイと押し上げたかと思ったら、唇全体に乳首を含んでちゅうちゅうと吸いあげる。

「あん、シリウスッ……」

乳首を吸われるとなぜか全身がぞくぞくと震える。思わず足を持ち上げて敷布を踵で蹴っていると、シリウスがかすかに目だけで笑って、脛から太ももに手のひらを滑らせた。彼の穏やかな手の平で、ゆっくりと足が持ち上げられて、ごく自然に両足が大きく開かれる。

「……恥ずかしいんだけど」

「カタリナが恥ずかしがっているところは貴重だ。興奮する」

シリウスはそう言って足を降ろせないように腕を差し入れ、また乳房の上に唇を寄せた。

「あ、やだ……」

交互に左右の乳首をなぶられているだけなのに、なぜか全身を口に入れられたように感じる。

(頭の中が、熱い……)

カタリナが大きく肩で息をしながら頭の下の大きな羽根枕を両手でつかみ、頬をうずめていると、

「やだ……?」

シリウスが甘い声でささやいて、ちらりと上目遣いで顔を上げた。

「お前の乳首はこんなに硬く立ち上がっているというのに……不思議なことを言うものだな」

そしてねっとりと舌の奥から舌先までたっぷりつかいながら、舐めあげる。

「あ……んっ……」

彼が乳首を口に含むたび、腹の奥がきゅうきゅうと締め付けられるのがわかる。

膝を震わせていると、

「今に胸だけでイケるようになりそうだな。開発しがいがある」

シリウスはそう言って柔らかく目を細めて、敷布に腕を突き伸びあがるようにしてカタリナに口づけた。

「んっ……」

シリウスの分厚い舌が唇を割って入り、口の中を縦横無尽に動き回る。

「んっ、んっ……んっ」

「カタリナ……口づけの時は、舌を蛇のように絡ませるんだと教えただろう」

シリウスはそう言いながら、カタリナのネグリジェの裾に手をかける。

(それはわかってるけど、シリウスの舌、大きくて……！)

「ん、んっ……」

反論したいが言葉を発する余裕がない。ただぴちゃぴちゃと水音が頭の中で響いて、息もうまく吸えない。

このまま脱がされてひとつになるのだろうかと、ぼうっとする頭で考えていると、ネグリジェの裾を大きく頭上に持ち上げたシリウスは、そのまま裾の中に頭を入れてしまった。

（えっ……⁉）

ネグリジェの中に頭を入れるなんて苦しくないのかと尋ねようとしたところで、シリウスの手がネグリジェの下のショーツの紐をほどく気配がした。

「あの、シリウス……あっ……！」

次の瞬間、広げられた両足の間に熱いものが触れる。

一瞬、彼の男根が触れたのかと焦ったが、違う。もっと柔らかく、小さく、だが指とは違う鋭い刺激だ。それから両足の間からぴちゃぴちゃと響く水音が聞こえてきて、カタリナは仰天してしまった。

「う、うそ、やっ、シリウスッ、だめぇっ……」

太腿をつかんだシリウスの頭がネグリジェの下で上下している。決定的な部分は見えないが、彼は自らの唇でカタリナの秘部を愛撫しているのだ。

「あ、あんっ、あっ」

恐れ多くもフレイド王国の王子にそんなことをさせていいはずがない。カタリナは慌ててネグリジェの上からシリウスの頭を引きはがそうとしたが、ビクともしなかった。そもそもかなりの長身でたくましいシリウスを、力でどうこうできるはずがない。

「や、はぁっ……あんっ……」

シリウスの指と舌が丁寧に花弁をなぞっていく。そしてかき分けた先の花芽に舌先が行きつくと、ねっとりと舌を絡ませて吸い上げる。また同時に長い指がすっかり潤み切った蜜口に触れて、少しだけ指先を出し入れし始める。

「あっ、うそ、ああっ、や、あっ……」

見えない分だけ刺激が強くなる。

シリウスの舌先が大きくなったカタリナの花芽を何度目かにしごきあげた瞬間、ビクビクと全身にさざなみのように快感が走り抜け、太腿がわななく。

目の前に白い炎がパッと散って消えた。

「んんっ」

全身を震わせのけぞった瞬間、シリウスは唇全体でカタリナの秘部を吸い上げていた。

じゅるじゅると蜜をすする音がして、あそこがぎゅうぎゅうと締まる感覚がする。

「あああっ、あっ……あっ……！」

カタリナは細く長い悲鳴を上げて、それからぐったりとシーツに背中をおしつけた。

「あぁ……あっ」

長い快感の余韻にカタリナが甘い嬌声を上げていると、

「——気をやったか、カタリナ」

ネグリジェの中から顔を出したシリウスが、口元を手の甲でぬぐいながら妖艶に微笑んだ。

ようやく顔を見せてくれたが、普段は品行方正を絵にかいたような彼がこんな顔をするなんて、いったい誰が想像できるだろう。

「もうっ……おかしくなるかと、思った……」

カタリナは大きく全身で息をしながら、シリウスを見上げる。息も絶え絶えにそう答えると、

「そうか。嬉しいな」

シリウスは着ていたシャツのボタンを上から一つずつ外しながら、アイスブルーの目を細める。ベルトを外し穿いていたズボンをいそいそと脱いで下穿き姿になり、ウエストを絞っている紐をほどいて完全な裸になった。

(すごい……まるで神様をかたどった石膏像《せっこうぞう》みたい)

だが大陸一の彫刻家にも、この美貌を形にすることはできないのではないだろうか。

常日頃鍛錬を欠かさないその体は、鋼をよりあわせたように強靭《きょうじん》で、しなやかだ。着やせする体質らしく、脱いだシリウスは戦う男の体だった。分厚くてたくましい。

彼の美しい体に見とれていると、

「お前もだ」

シリウスが甘くささやいた。

「うん……」

こくりとうなずくと、シリウスがカタリナのネグリジェの裾をつかんで、首から引っ張り上

げる。両手をあげて脱ぐのを手伝ったが、彼の眼前にさらけ出した体が恥ずかしい。

思わず両手で胸を隠すと、シリウスがくすっと笑ってカタリナの額に唇を寄せた。

「カタリナ……初めての時は無我夢中だった。今日はゆっくりとお前と愛し合いたい」

そしてシリウスは大きく深呼吸をして、カタリナの上半身をたくさんの羽根枕の上に横たわらせ、カタリナの両手をつかんだ。

「カタリナ、開いて見せてくれ」

「え？」

「自分で開くんだ」

そしてカタリナの手を秘部へと導いたのだ。

「あ……」

なんとシリウスは、カタリナに自分でそこを開いて見せろと言っているらしい。

「は、恥ずかしいって言ってるのにっ……」

「頼む。お前に望まれているんだと思いたいんだ」

シリウスは敷布の上に膝をついて立ち上がると、右手で自身の屹立を緩く握り締める。

「カタリナに……求められたい。入れてほしいって、言われたい」

その声色は確かに『お願い』しているのだが、彼の自分を見る目はなんとも言えないくらい熱っぽく、欲にまみれている。彼が握った男根はすでに臨戦状態でビクビクとひとりでに震え、先端からは透明な蜜を溢れさせては、シーツに滴り落ちていた。

「〜〜っ……わかった」

結局カタリナはシリウスにお願いされると、駄目なのだ。なんでも願いをかなえてあげたくなってしまう。

カタリナはしっかりと両足を立てて広げると、膝の下から手を差し入れて、秘部を左右から指先で広げる。ついさきほどまでシリウスによってしとどに濡らされていたそこが、音を立てて花弁をほころばせた。

(やだ、恥ずかしい……死んじゃう……)

このまま消えてしまいたくなるが、愛するシリウスの願いだ。

彼じゃなかったらこんなことを受け入れていない。

「……シリウス……来て……ここに、入れてちょうだい……」

絞り出した声は震えていた。恥ずかしい思いを必死に押し殺してシリウスを見つめる。

「――クッ……」

次の瞬間、シリウスがうめき声をあげた後、左手で口元を覆っていた。

「心臓が止まるかと思った。俺の夢じゃないんだな……」

酷《ひど》く興奮したように体を震わせている。自分でそうしろと言っておいて、感動しているようだ。だがカタリナはたまったものではない。

「――し、シリウスッ……」

急《せ》かすように呼びかけると、

「あっ、すまん。喜びのあまり……つい」

シリウスはニコニコと見たことがないような笑顔になると、膝で敷布の上をにじり寄り、握りしめた屹立の先をカタリナの秘部に押し当てて、ぬるぬると動かし始めた。

「あ……」

花弁をなぞっていく指とも唇とも違う感触に、ゾクゾクと淡い快感が全身に広がっていく。

「すぐに入れるのはもったいないだろう?」

「え、でもっ……」

「さぁ、見るんだカタリナ」

そしてシリウスは自らの剛直で、カタリナのそこを丁寧になぞり始めた。

正直、自分の性器などマジマジと見たことなどない。だがカタリナは素直にお互いの性器がこすれあい、しとどに濡れていく様子から目が離せなくなった。

「ほら……カタリナのここ……俺のに襞《ひだ》がからみついて……いやらしいな」

シリウスはカタリナの後ろに積み上がった枕を片手でつかんで体勢を整えつつ、積極的に肉杭を動かす。

「あ……っ……」

シリウスの剛直の先端が、ぬるぬると襞をかき分けて淫らな音を立てる。

「この、真珠のようにぷっくりと膨れ上がったここに……俺の先端を押し付けて……ほら」

「ああんっ、あっ、ひっ、あんっ……」

「ああ……気持ち、いい……んだな？　俺もだ、カタリナ……気持ちいい」

カタリナの敏感に尖り切った花蕾がシリウスの性器とこすれあうたび、ふわふわと体が宙に浮かぶような感覚になる。

「あ、んんっ……」

「カタリナ」

名前を呼ばれて顔を上げると、すぐ近くにシリウスの顔が迫っていた。そのまま顔が近づいて自然と唇が重なり、そして離れていく。

「あ……」

もっと口づけていたかったと思う気持ちが漏れたようだ。残念そうな声がカタリナの唇からこぼれた瞬間、シリウスが少し笑って左手で頬を撫でる。

「見ろ、カタリナ。お前のここが、俺を勝手に呑み込もうとしている」

言われて目を下ろすと、彼の膨れ上がった肉杭が蜜口に押し当てられ、先端が見えなくなっていた。

「あ……」

「だが、全部入れるのはもう少し後だ。俺のは少し大きいから……苦しい思いをさせたくない」

シリウスはそう言って、自身の性器で丹念に蜜口をほぐし始める。

「ほら……カタリナ。出し入れするたびに、先っぽが締め付けられて……気持ち、いいぞ」

シリウスは甘く色っぽい吐息を漏らしながら、ゆっくりと腰を前後に動かす。

ふたりの結合部はお互いから溢れる蜜でしとどに濡れて、触れ合うたびにぬちぬち、といやらしい水音を響かせた。奥まで入りそうで入らない、あくまでも入り口だけを味わうシリウスのやり方は間違ってはいないのだろう。

「は……あっ……あんっ……」

実際そうされているだけで、カタリナの体はぞくぞくと快感に泡立ち、蕩けるような甘いしびれが全身を包み込んでいく。

だが——なにかが足りない。

そのことをカタリナは本能的に理解していた。

「あっ……あッ……ね、シリウスッ……私、なんか、へんなのっ……」

「変とは？」

シリウスが穏やかに腰をゆらしながら、優しく目を細めて問いかける。

「お腹の奥が……ぎゅって……しまって……もどかしいって、いうか……あんっ……や、もう、むりっ……」

シリウスの指示で必死に自分のそこを広げていたカタリナだが、もうギリギリだったようだ。手を放し、そのまま目の前のシリウスの首に両腕を巻き付け抱き着き、懇願していた。

「もう、苦しくても、いいからっ……シリウス、ちゃんと、私の中に……来てっ……」

シリウスが大きく息を呑む気配がした。

「――せっかく優しくしようと思っていたのに……」

耳元で彼の声が響いた次の瞬間、カタリナは両肩をつかまれ引き寄せられる。

「あっ……」

ハッと目を見開いた瞬間、いつも見上げてばかりのシリウスの顔がすぐ正面に迫る。膝立ちしたシリウスが、カタリナの両足の間にそそり立った肉杭を押し付けてささやいた。

「行くぞ」

「え、あっ……あああああっ！」

次の瞬間、カタリナは限界まで大きくなったシリウスの剛直に貫かれていた。剛直に串刺しにされたカタリナは、目の前が真っ白になり、息が止まる。

彼のものを受け入れたのはもう半年以上も前のことだ。カタリナの蜜壺はシリウスの鋼のような剛直でいっぱいになってしまった。シリウスの丁寧な愛撫でカタリナのそこは蕩け切っていたが、さすがにひきつるような痛みがある。

「あ、あ……っ」

座位の姿勢のまま、痛みをこらえて、ぎゅうっと眉根を寄せると目の端に涙が浮かぶ。

「ああ、カタリナ……泣くな……」

シリウスがそうささやきながらカタリナの顔を引き寄せて、ちゅ、ちゅ、と顔中に口づけを落とした。

「口づけをしよう……ほら」

「んぅ……」

シリウスに誘われるように彼と唇を合わせる。すぐにシリウスの舌が滑り込んでカタリナの口の中を自由に泳いでいく。そうやってお互いの口の中を味わっていると、次第にカタリナの体から緊張が解けていった。

（シリウスとのキス……気持ちがいい……）

頭の中にぴちゃぴちゃと水音が響く。繋がった部分の痛みもようやく落ち着いてきたところで、シリウスがカタリナの太ももを甘やかすように撫でながら甘い声でささやいた。

「口を開けて舌を出すんだ」

「ん……」

言われた通りにすると、シリウスがカタリナの舌をそうっと唇で挟み込み、ゆっくりと吸い上げる。

「んっ……」

シリウスの唇にしごきあげられるカタリナの舌は、次第に熱を帯びる。

「あ、んっ、んっ……」

口を閉じることができないせいか、唇の端から唾液が伝い落ちた。だがそれに気づいたシリウスがたっぷりと唾液を舐めとるものだから、また腹の奥がキュンキュンと締め付けられて、息が乱れてくる。

「──カタリナ。感じているんだな」

シリウスは満足げに微笑んでカタリナの顎の下を指でくすぐるように撫でると、顔をかがめてカタリナの胸の先をそっと口に含み、舌で転がし始める。

「あっ……」

乳首が唾液をたっぷりと含んだ舌でこすられて、ジンジンし始めた。カタリナが軽く体を揺すると、シリウスは口の中全体でちゅうっと吸い上げる。

「も、胸ばっかりっ……」

少し非難めいた声で彼の肩を叩くと、シリウスは妙に嬉しそうな表情になり、

「──俺はお前の胸が大好きなんだ。好きにさせろ」

そして左右の胸の先を交互に唇に含んでは、もみあげたりつまんだりしつつ、いつまでも舐めている。こうなるとカタリナはもうシリウスを受け入れるしかない。

「あ、もうっ……はっ、はあっ……」

いつも大きくて邪魔だなと思っていた胸を彼がこんなに愛していたとは知らなかったが、いつも控えめに振舞っているシリウスが、ちょっとわがままを言うのも少しだけ嬉しかった。

そうやってしばらくカタリナの胸を堪能していたシリウスが、

「あぁ……カタリナ、お前の中は本当に気持ちよすぎる……」

と小さくささやき、カタリナの平らな腹をそうっと撫でる。

「あたたかくて、とろとろで……俺がお前の胸を吸うたび、ビクビクと締め付けるんだ……」

乳首を執拗《しつよう》にこねていたシリウスの長い指が、ふたりが繋がった部分へと移動し、淡い茂みをかき分けて、花芽に触れつまみ上げる。

「きゃうっ……！」

急に与えられた強い刺激にカタリナが背中をのけぞらせると、シリウスがまた「クッ……」と眉根を寄せて、喉を鳴らす。

「──そろそろ、動きたいが、いいか？」

「あ……え……」

確かに中に入れてから、それなりに時間は経ったような気がする。

入れたときは突然だったが、やはりシリウスなりに気を遣っているらしい。

「でも、私が上なのは、ちょっと苦しいかも……」

「わかった」

シリウスはこくりとうなずいて、カタリナの首の後ろと腰に手を回すと、座位の姿勢からゆっくりと敷布の上にカタリナを寝かせた。性器は抜けないように慎重に体勢を変えて、カタリナの顔の横に腕をつく。

「じゃあゆっくり、動かすぞ」

「うん……」

カタリナがこくりとうなずくと、シリウスは妙に真面目な表情で腰を引いた。

「あっ……」

隘路をずるりと抜けるシリウスの剛直の感覚に、背筋が震える。だが抜けるギリギリのところでシリウスは腰を引くのをやめ、またゆっくりと押し込んでいく。

気が付けばシリウスの髪留めが外れていて、美しい黒髪が背中を覆い、肩から零れ落ちていた。

（シリウス……きれい）

見つめあうふたりの間で、まるで雨のようにシリウスの髪が降り注ぎ、檻を作る。

世界で一番狭くて美しい檻だ。

永遠にこの中で生きていきたいと思うほどに――。

「痛くないか……？」

「……うん」

カタリナの同意を得て、シリウスはとん、とん、とん、とリズミカルに、腰を打ち付ける。

激しくない抽送だが、じわじわとカタリナの体は熱を帯び始めていた。ほんの少しのひっかかりと、それを紛らわせるような淡い快感が全身に広がっていくのだ。

「あぁ……あっ、あっ……」

突かれるたびにカタリナの唇から声が漏れる。

「カタリナ……突くたびにお前の胸がふるふると揺れて……ものすごく、興奮する」

次第に濡れたような甘さを含み始めたカタリナの変化を敏感に感じ取ったのか、シリウスが観察するようにじっとカタリナの顔を覗き込んできた。

「どこを突かれるといいか、わかるか?」

シリウスが腰を回しながら、問いかける。

彼の剛直がカタリナの腹の裏をこすり上げた瞬間、カタリナは「ひんっ」と子犬のように悲鳴を上げてしまった。

「そこ、痺れてっ……ああっ……」

花芽を指でこすられるよりずっと鈍い感覚のはずなのに、なぜか強い快感の予兆を感じてカタリナは首を振った。

「ああ……ここか。ここがいいんだな」

シリウスはほっとしたように微笑むと、カタリナの左の太ももを両腕で抱えるようにして持ち上げて横を向かせると、

「さぁ、思う存分よくなってくれ」

と、より深く中を突くように腰を打ちつけ始めた。

「あんっ、あっ、あ、ああっ……やっ」

ふたりの肌がぶつかる音とともに、カタリナの声も大きくなっていく。自分の意思とはまるで関係なく、腰ががくがくと震え始める。

敷布をつかんだ手に力が入らない。

なんだか自分が知らない世界に落っこちてしまいそうな気がして、

「やっ、待ってぇ……しりうす、あっ、や、だ、めっ……」

イヤイヤと首を振るカタリナだが、シリウスはやめてくれなかった。

「こんなにぎゅうぎゅう俺を締め付けておいて、待ってはないだろうっ……！」

彼もまた限界が近いのかもしれない。

どんなに暑い夏日でも、式典服を涼しい顔で着こなすシリウスだが、全身に珠のような汗をかいて髪が肌に貼りついている。

「カタリナ、ああ、俺のカタリナ……ッ」

シリウスの熱い肉杭がカタリナの敏感な部分をえぐり、さらに高みへと押し上げていく。

「あ、あっ、あんっ、ひっ、あ、ううっ、だめ、やっ、」

カタリナは悲鳴を上げながら、遠いどこかに飛んでいきそうな自分の体に力を込めて、踏みとどまろうとしたのだが――。

「いけ、いけっ……俺のものでいけ、カタリナッ！」

激しさを増したシリウスの屹立が、カタリナの蜜壺の中で大きく膨れ上がっていく。暴力的なまでのその大きさで、カタリナを快感の向こうへ押し流す。

「あ、俺も、出るッ……！」

シリウスはカタリナの太ももから手を放して、正面から抱き寄せると、そのまま愚直に腰を打ち付け、言葉通りカタリナの最奥で熱を放った。

「くっ、あっ、あ、あっ……！」

「ひぁっ、あっ、あん、あ、あっ……！　シリウスッ……！」

カタリナは悲鳴を上げながら、背中をのけぞらせていた。目の前は敷布よりも白く染まり、ビクビクと全身がわななき、声が出なくなる。

またシリウスも全身をわななかせ、長い射精に身を任せつつ、そのままカタリナを抱きしめて敷布に倒れこむ。

「ああ……カタリナ……愛してる……」

「あ……っ」

そのまま唇を奪われて、長い口づけを交わした。

そうやって言葉を返したいが、熱烈なキスで何も言えない。力が抜けて腕一本持ち上げられそうにない。

（私もよ、シリウス……）

（生きている人間が覗《のぞ》いてはいけない場所を、見てしまった気がする……）

初めての時も『死』を感じたが、それ以上だった。

痛みを超える快感などあってはならないものだ。

カタリナはぼんやりとする頭の中でそんなことを思いながら、激しいキスの合間に、必死に呼吸を整えることしかできなかった。

そうやってしばらくの間、大きく息を吸い込んで落ち着こうとしているところで、

「――大丈夫か」

見上げたシリウスは、ずいぶん心配そうな顔をしていた。もう彼はケロッとしている。随分回復が早いようだ。

「うん……大丈夫、よ……」

本当はちっとも大丈夫ではないのだが、強がってしまった。だがこの場合は、素直にもう無理だと言うべきだったのだ。それを聞いてシリウスはパッと笑顔になった。

「大丈夫ならよかった。じゃあ続きをしよう」

「え？　なんで？」

「なんでって……初めての時は一度で我慢したからな。これからはたくさんしたい」

なぜかニコニコと微笑むシリウスに、カタリナは真顔になる。

（いや、ちょっと待って……たくさん？　これ、たくさん？）

それなりに体力には自信があったカタリナだが、本能が無理だと告げていた。

「カタリナ、たくさん愛しあおうな？」

語尾が弾んでいる。彼の背後に花がパッと開く幻覚が見えた気がした。

ニコニコと機嫌よく迫ってくるシリウスに、ちょっとだけ恐怖を覚えたのは言うまでもない。

五話　蜜月と陰謀と

そんなこんなでカタリナはようやくシリウスと結ばれたのだが――。

「聞いたぞ、カタリナ。やっとくっついたってな！」

「遅すぎますよ。僕たちがどれだけ長い間、じれったく思っていたか」

「大願成就ですわね～！」

フィル、ネイト、ルシアがほぼ同時に声をあげるのを見て、カタリナの顔は真っ赤に染まった。

「いや、私のことなんかどうでもいいでしょ……ほら、お茶飲んでお茶！」

メイド服姿のカタリナは、持っていた紅茶のポットを持ち上げて、ドボドボと乱暴にカップにお茶を注いだ。

聖女が襲われてはや三日が経つ。ルシアは公爵邸から昨日ここに戻って来たばかりだった。今日は幼馴染たちが聖女ルシアのご機嫌伺いで離宮にやってきたのだ。

季節の花が咲き誇る庭園での、気のおけないメンバーのお茶会だが、残念ながらシリウスは王城で会議ということでこの場にはいなかった。

幼馴染たちはすっかり騎兵団の団服を着こなしていて、すっかりこなれて見える。

フィルとネイトはとびぬけて優秀だと評判だが、彼らが騎士団服を着ているのを見ると、やはり羨ましくてたまらない。

(私も落ち着いたら、騎兵団に入れてもらおう……！)

王妃が騎兵団に入れるかは謎だが、そこは絶対に譲りたくない。

そんなことを考えていると、お茶の淹《い》れ方が気に入らなかったのか、ネイトが眉を吊《つ》り上げてカタリナを見上げた。

「まったく乱暴ですね。いつまで経っても上達しない」

「はぁ？　だったら自分で淹れたらぁ？」

「そうだぞ、ネイト。淹れてもらってるんだから感謝しないとな」

「フィルは人が好過ぎるんですよっ！　最高級の茶葉がかわいそうだと思わないんですか⁉」

ああいえばこういう、相変わらずの幼馴染たちの気安い喧嘩に、

「ふふふ、幼馴染って楽しくていいですわねぇ」

ルシアが楽しそうに笑っている。

一時期はどうなることかと思ったが、彼女の顔色はよくなって、頬は薔薇《ばら》色だ。

(元気になってよかった)

命を狙われるなんて恐ろしい目に遭って相当怖かっただろうに、笑顔を見せてくれるのは周囲への気遣いかもしれない。

そうやってしばらくの間、四人で楽しく話をしていたのだが、

「そういえば、例のカタリナが捕縛した犯人のことなんだけどな……」

ふとフィルが思い出したように口を開き、テーブルの上にかすかに緊張が走る。

「どうだった？　なにかわかった？」

命に別状はないということだったが、ようやく事情聴取ができるようになったらしい。

カタリナの問いに、フィルは苦虫をかみつぶしたように唇を引き結んだ。

「聖教会に仇《あだ》なす異端者として、教会預かりになった」

「えっ！　どういうこと？」

カタリナは目を丸くしてルシアに視線を向ける。

「実は、以前から聖教会が目をつけていた、反聖女派の暗殺者だったようなんです」

ルシアが申し訳なさそうにうなだれた。

「そ、そっか……そうだったんだ……」

「少し残念ではありますよ」

ネイトも紅茶を飲みながらどこか不満そうだ。彼としてはそこからロアン公の関与の証拠を見つけたかったのだろう。一瞬、この場の空気がどんよりと悪くなるが、

「うーん……でもまぁ、ルシアが無事でよかったよね」

気を持ち直したカタリナがあっけらかんとした口調で言い放つと、全員が顔を上げた。

裏で指示していた者が誰であったとしても、ルシアを危険から守れたのならそれでいいはずだ。

「これからの反省材料として、学ぶこともあったでしょ？」

カタリナが、背後から幼馴染たちの肩をバシバシと叩くと、ふたりは苦笑して肩をすくめる。

「まぁ、確かにそうだな」

「ですね」

メイドが、誉れあるフレイド騎兵団の団員の肩を叩くという、はた目から見たらなんとも不思議な絵面になったが、

「カタリナ……」

ルシアが思い出したように目を潤ませて、カタリナの手を取り引き寄せた。

「この傷跡、私なら消せると言っていますのに」

ルシアの細い指が、そうっと傷跡を撫でる。

「いいよ、このくらい。そのうち消えるし」

そう、カタリナの手や首筋には、刃物で薄く切られた痕が残ったままだった。

公爵邸から戻って来たルシアはカタリナの怪我を見てひどく動揺し、癒しの力で治そうとし

てくれたが、カタリナはそれをやんわりと辞退したのだ。

（だって、ルシアの命を削っているような気がするんだもん……）

ルシア自身が『少し疲れるだけだから大丈夫』と言っているが、聖なる力が無限に湧き出るものとはどうしても思えない。なにか大事なものを失っているかもしれないと、考えてしまうのだ。

「でも……」

相変わらずルシアが納得しないので、

「次、もし万が一死にそうになった時によろしく」

と、グッと親指を立てると、ルシアだけでなく幼馴染たちまでがぎょっとした表情になった。

「だっ、だめですわ、そんな危険なことなさらないで！」

「そうだぞ、カタリナ、ひとりで無茶《むちゃ》はするな！」

「お前になにかあったら僕とフィルが殿下に殺されますよ！」

血相を変えた三人の鬼気迫る様子に、

「え……そんな大げさな」

カタリナはたじたじとなってしまった。

「大げさじゃない。お前ひとりに危険を負わせるわけにはいかない」

フィルの言葉に、ネイトもうなずく。

「ええ、そうですよ。警備については話したでしょう。あなたひとりの負担にはしません」

「うん……そうね。全員で協力しなきゃ」

カタリナはうなずきながら、そうっとルシアのために新しいお茶を注いで、周囲を見回した。

(気配はわからないけど、見えるところにいるはずなのよね……)

ネイトの言うとおり、ルシアの警護は増えている。身辺を守るのは今まで通りカタリナが行うが、その周囲をネイトとフィルが用意した護衛が、陰ながら見守るらしい。

もう大げさだのなんだのとは言っていられないので、ルシアもそれを受け入れてくれた。

(次こそロアン公が送った刺客が来るかもしれないし……気を引き締めておこう)

そうやってしばらく四人でわいわいしていると、ルシアの侍女が慌てたようにテーブルに小走りに近づいてきた。

「ルシア様、大変ですっ」

「どうしたの?」

ルシアがカップを持ったまま軽く首をかしげると同時に、テーブルに座っていたフィルとネイトがサッと立ち上がり、胸の前に手を当てて会釈した。

彼らがこんなふうに畏《かしこ》まる相手などそうそういない。

カタリナも慌てて頭を下げる。

「やぁ、聖女殿。ご機嫌はいかがかな?」

花を踏み荒らし、庭を突っ切るように派手で大げさな衣装の男性が近づいてくるのが見える。

「ロアン公……」

ルシアの小鳥の鳴くような声に、地面を向いたままのカタリナは思わず『うえーっ』という表情になった。

（もしかしたら私の顔、知ってるかもしれないし。一応距離は取っておこう）

カタリナはじりじりとテーブルから後ずさり、頭を下げたままちらりと上目遣いで彼を見つめる。

（ふん……相変わらずいけすかない顔してるわ）

ロアン公は先王の弟であり、年は五十代後半だが、病弱だった先の王とは違い健康だった。若いころには兄の代わりに王になることを周囲から期待されていたとか。とはいえシリウスのように剣をふるうわけでもない。趣味が狩猟のくせに魔獣を追わず、遊んでばかりの男だ。顔は精悍《せいかん》でわりと整っているように見えるが、シリウスとはまったく似ていない。それどころか彼の内面を知っているカタリナには、どうにも下品な男に見えて仕方なかった。

「新しいカップを持ってきなさい」

ネイトがカタリナに向かってちらりと目線を向ける。

この場を離れろという合図だろう。

「畏まりました」

うなずくと同時に、

「不要だ。すぐに公務に戻る」

ロアン公は鷹揚《おうよう》に首を振りテーブルに近づいてきた。

ネイトがサッと椅子を引くと、そこに鷹揚な態度で腰を下ろした彼は、足を組んでルシアたちに座るように促した。

「――失礼します」

と、幼馴染とルシアが、表面上は微笑みを浮かべて椅子につくのを見て、さすがに大人だなと思いつつ、カタリナは面白くない。

(いったいなにしにきたんだろう……?)

今日のロアン公は、手の込んだキルティングが施された黄色のダブレットの首元にレースで作った襞襟をつけていた。顎下にぴったりとくっついたひだ襟は、かなり大きく、首も回らなさそうである。フレイドの質実剛健という国風にもあわない。時代錯誤で豪華な衣装だ。

だがなによりもカタリナの気に障ったのは、ダブレットの上に羽織った襟なしの上着《コート》に、青地に黒い竜を染め抜いた王家の紋章が、宝石を縫い付けた刺繍付きでキラキラと輝いていたことだ。

(王家の紋章を堂々と……)

本来はロアンの領地に咲く『百合《ゆり》の花』が彼の紋章のはずだ。

いくら先王の弟とはいえどうだろうか。本来『竜の紋章』を身に着けるのは王たる人物か、直系の王子であるシリウスだけのはずである。

だがこの国一番の権力者に向かってメイド服姿の自分がなにかを言えるはずがない。この場にいる三人に迷惑をかけてしまうだけだ。

(我慢、我慢よ、カタリナ！)

カタリナは奥歯をぎゅうっとかみしめ、必死に自分を押し殺す。

一方、ロアン公はメイド姿のカタリナににらまれていることにも気づかず、にこやかにルシアに微笑みかけていた。

「聖女殿が教会で襲われたと聞いて、気が気ではありませんでしたよ。ご無事でなによりです」

「ありがとうございます。皆さまのおかげさまで私には傷一つありません。ただ、とうぶん教会には行けなくなってしまいましたが……」

ルシアは少し残念そうにため息をつき、膝の上の手をぎゅっと握りしめる。

うつむくルシアの目には強く後悔の色が残っている。

彼女にとって教会での奉仕活動は、いずれこの地を離れるまでの間、できる限りやっておきたい大事な仕事だった。落ち込むのも当然だろう。

だがロアン公は、

「ですがあなたの力は庶民のために使うよりも、国のためにふるうべきだと私は思っていますよ。これを機にやめられてはいかがかな?」

と、実に無神経なことを言い放って、場の空気が一瞬にして凍り付いた。

国のため――。

それは要するに『貴族』のため、ということなのだ。

その瞬間フィルがなにか言いたそうに口を開いたが、ネイトがテーブルの下で彼の脚を蹴ってそれをとめる。

「――ロアン公、私は……」

それでも反論しようと口を開きかけたルシアだが、

「そうそう、実はね、聖女殿、あなたを慰めるために舞踏会を開くことにしたんですよ」

ロアン公は口元の髭《ひげ》を指の先で整えながらにっこりと微笑んだ。

「舞踏会、ですか……。でも、私はそういったことに不慣れで」

「なぁに、そう堅苦しいものではありません。楽しんでいただければいいのです。あなたに紹介したい貴族もたくさんいますからな。明日を楽しみにしていますよ」

「えっ、あの」

しどろもどろになるルシアを前にして、有無を言わさぬ強引さで、ロアン公ははっきりと口にする。要するにこれは命令なのだ。

（ルシアの気持ちに気づいていないんじゃない……わかってて、無視してるんだ）

貴族らしいといえばそうだ。こうでなければ生き残れない。

他人の顔色を窺《うかが》っていて、摂政の座にいられるはずがない。

そしてロアン公は「ぜひ美しく着飾って我々の目を楽しませてください」と罰当たり的なことをいうと、椅子を立ってその場を立ち去ってしまった。

完全にロアン公の姿が見えなくなってから、カタリナはできる限り声を抑えて叫ぶ。

「なんなのあの偉そうな態度はっ……！　レースの襟飾りを引きちぎって、パイ皿みたいに宙に飛ばしてやりたかったわ！」

「偉そうも何も、まぁ偉いんだけどな」

いつも陽気で能天気なフィルが長い足を組んで、はぁ、とため息をついた。誰にでも好かれて人懐っこいフィルにも苦手な相手はいるらしい。

「舞踏会ですか。困りましたね」

「ええ……」

ルシアはネイトの言葉にうなずきつつ、どっと押し寄せて来たらしい疲労感に、疲れを見せていた。当然カタリナも同じ気分だ。

「大丈夫なの、ルシア」

「もっと先ならなんとか適当な嘘をでっちあげるんですけど……。しかも私の慰安を兼ねてだと言われるんだもの、断れません」

ルシアはそう言って席を立ち、気落ちした様子で自室へと戻っていってしまった。

「せっかくのお茶会だったのに……」

カタリナがつぶやくと、ネイトとフィルがちょいちょいとカタリナを手招きする。

「作戦会議が必要だな」

明日わざわざ人を集めるのだ。ルシアやシリウスを呼びつけて、そこになんの意図もないはずがない。きっとなにかやるにきまっている。

カタリナはふたりと一緒にテーブルについて額を突き合わせたのだった。


そして迎えた翌日――。

王城の窓という窓は全て開けられて、夏のさわやかな風が城内に吹き込んでいた。廊下をバタバタと侍女たちが行き交い、着々と舞踏会の準備が整えられているようだ。

「まだ……終わらないの?」

今日何度目かの、泣き言のような言葉がカタリナの口を突いて出る。正直我慢の限界だった。

「もう少しですから、こらえてくださいませ」

そう言ったのはルシアの侍女たちだ。

「それにしてもカタリナ様の細いウエストでもギリギリですねぇ……今年の流行らしいですけど」

「体に悪そうだわねぇ……」

「美は我慢なのねぇ～」

そんなことを口々に言いながら、三人がかりでエメラルドグリーンのドレスの背中のフックを、左右から引っ張り上げながら留めている。

「うっ……！」

「カタリナ様、しっかり！」

「は、はいっ……」

カタリナは用意された部屋の中で、化粧台に手をついたまま、前かがみになって立ち尽くしていた。

（トンボの羽根みたいに薄いシルクのストッキング、シュミーズの上にはかったい骨が入ったコルセット……。ドロワーズと鳥かごのようなペチコート……そして背中にたくさんフックがついた、体を締め付ける拷問器具みたいなドレス！　本当に普通の貴族の令嬢って大変過ぎない？　無理でしょ、こんなの！　ごはんも食べられないじゃない！）

士官学校に入るまで、リーヴェン領をほとんど離れたことがなかったカタリナは、社交界での流儀を知らない。

婚約者どころか十八で士官学校に入学し、社交界デビューも済ませていない。それはカタリナの『将来は騎士になってシリウス殿下を守りたい』という夢を、三人の兄とリーヴェン伯が尊重してくれたおかげなのだが、この国の貴族からしたらカタリナは信じられないくらい、常識はずれな令嬢なのだ。

だが、年頃の娘を社交界にという発想すらなかった身内には、今更ながら感謝の気持ちでいっぱいだ。

この地獄をこの年まで経験せずに済んだのだから——。

「やっと全部留まりましたよ！」

「ありがとう……息が止まりそうだけど、本当にこれで正しいのかしら？」

カタリナは化粧台についていた手を離してよいしょと体を起こすと、鏡の中の自分を見つめた。

長袖でたっぷりのフリルがついたシャツの上に、見事な刺繍がほどこされたストマッカーを着け、瞳の色と同じ鮮やかなグリーンの前あきのローブを重ねている。もちろんグローブは白だ。上品でありながら華麗なドレスである。

ちなみに胸元を見せる大きく開いた襟ぐりは、若い女性に許された特権でもあるが、普段まったく貴族令嬢らしい格好をしないカタリナは、恥ずかしくてたまらない。

（ドレスは素敵だけど……）

着るだけで肩が凝ってしまったカタリナは、軽く首を回して、ニコニコと微笑んでいるルシアを見つめた。

「ねぇ、ルシア……。私はいいとして、主役のルシアがどうしてその恰好《かっこう》なの？」

そう、今日のルシアはいつもの黒一色の修道女服を身にまとっていた。ヴェールはかぶっていないが、今から舞踏会に行くとはとても思えない姿だ。

「カタリナを着飾らせるのは楽しいけれど、私は神に仕える身ですもの。必要ないわ」

あっけらかんと言い放ち、それから化粧台の上から大きなルビーが飾られたチョーカーを手に取り、カタリナの背後に回り込む。

「さぁ、最後の仕上げよ。髪を持ち上げてちょうだい」

カタリナの髪は上半分を編み込みにして、残りは丁寧にブラッシングして垂らしている。

「それ、必要？」

重たそうな宝石にひるんでしまったカタリナだが、ルシアは、

「当たり前でしょう」

と一歩も譲らない。仕方なく、言われた通り手の甲で髪を持ち上げた。

「そうよ、それでいいの」

ルシアはいそいそと白のチュールレースでできたそれをカタリナの首に巻き付け、大きな

蝶々結びを作る。

「見て！　リボンが妖精の羽根のようよ、本当にかわいらしいわ！」

と、出来上がりを見てはしゃいだように顔の前で手を合わせた。

侍女たちも集まって「本当に素敵～！」と黄色い声をあげる。

「妖精……」

カタリナは思わず真顔になってしまった。

ちなみに今日のドレスや宝石はすべてネイトが用意した。要するに借り物なので破いたりしないように気を付けなければならないのだが、はねっかえりでじゃじゃ馬で、士官学校でもまったくモテなかった自分を、着飾らせる価値があるとは思えない。

（でもまぁ……さすがにメイドの姿でウロウロできないもんね。今日の私はリーヴェン辺境伯令嬢のカタリナだし……）

それから間もなくして、

「そろそろ司教様たちが到着する頃ね。私は先にご挨拶に行ってくるから、カタリナはここでくつろいでいてちょうだい」

「ええ、わかったわ……行ってらっしゃい」

ルシアは三人の侍女たち、そして部屋の外に控えていた護衛と共に出て行ってしまった。

「――はぁ」

ひとり残されたカタリナは寝椅子にちょこんと腰を下ろして、そのまま積み上げたクッションに体を預ける。ドレスの裾が幅を利かせていて、深く座ることもままならない。

「これじゃいざというとき、走るのも無理ね……」

そうぽつりとつぶやいた瞬間、ドアがノックされてひょっこりとシリウスが顔を覗かせた。

「あ」

カタリナが倒した体を起こして目をぱちくりすると同時に、

「あ、失礼……部屋を間違ったようだ」

シリウスが慌てたように顔を引っ込めそうになったので、急いで立ち上がった。

「シリウス、間違ってないわよ。さっきまでここにルシアもいたわ」

「――」

呼びかけた瞬間、シリウスがぎょっとしたように目を見開き、それからそうっと、怪訝《けげん》そうに眉根を寄せこちらを見つめてくる。

「カタリナ……なのか」

「そうだけど？」

「――嘘だろう。女神がいるかと思った」

シリウスはさっとドアの間に体を滑り込ませたかと思ったら、後ろ手にドアを閉める。ガチャンと鍵が閉まる音が聞こえたような気がしたが、気のせいだろうか。

シリウスは慌てたように早足で近づいてきて、カタリナの絹の手袋をした両手を大事そうに持ち上げると、口元に引き寄せる。

「美しすぎて眩暈がする。お前は俺の愛の女神だ」

「ちょっ……」

突然の賛美の声に、カタリナは頬を真っ赤に染めた。

ルシアといいシリウスといい、自分に甘すぎないだろうか。自分の耳に熱が集まるのを感じつつ、シリウスを見上げる。

今晩のシリウスは、竜の紋章の入ったマントをつけた礼服だった。

高さのある襟のリネンのシャツの首元には、彼の瞳の色に合わせたアクアマリンのブローチが飾られている。ダブルボタンの黒のベストをつけて、太腿をぴったりとあらわにした白いズボンに黒と茶のツートンカラーのブーツを合わせている。

腰には儀式用のレイピアを下げており、膝下まである漆黒の上着《コート》には銀糸の刺繍が施されて、彼が身じろぎするたびに、まるで星屑《ほしくず》のようにあたりに光をまき散らしていた。

このまま肖像画になってもいいくらいの、端整な美青年だ。

シリウスは背が高く手足が長いので、立っているだけでも見栄えがする。

彼が煌めくシャンデリアの下で、どんな風にワルツを踊るのか、想像するだけで胸がときめいてしまう。

おとぎ話から抜け出してきたかのような美しさに、よほどシリウスの方が神の化身だと、カタリナはすっかり見とれてしまっていた。

これを絵姿にしたら、また町で飛ぶように売れるに違いない。

「私は……馬子《まご》にも衣裳《いしょう》でしょ？」

照れ隠しでそう言うと、シリウスは真剣な表情でぶんぶんと首を振り、さらにカタリナに詰め寄ってきた。

「お前をエスコートできないのが口惜しい」

「シリウスはルシアを守らなきゃ」

「わかっている。でも……やっぱり、悔しい……フィルがうらやましい」

シリウスは珍しく、聞き分けのない子供のような表情を浮かべて、そのままカタリナの体をゆっくりと抱き寄せた。

今日、カタリナをエスコートするのはフィルということになっている。ネイトはやるべきことがあると欠席するようだった。

「創立記念日じゃいつも一緒に踊っていたじゃない」

カタリナはクスクス笑いながら、彼の背中に手を回す。

身長差があるので、抱きしめられるとシリウスの黒髪がさらさらと頭上から零れ落ちてくる。

（いい匂い……）

彼からは清潔な石けんの香りがした。

「ああ……そうだったな」

女性が圧倒的に少ない士官学校で踊る機会はそう多くない。だが年に一度の創立記念日では、数少ない女子がかわるがわる交代で、一緒に踊りたいと申し出る男子のダンスの相手をするのだ。

もちろん断る権利もあるし、シノは『未婚の男女が人前で踊るのは、祖国の法律で禁止されている』と嘘か本当かわからないような『国の掟《おきて》』を持ち出して辞退していた。

ちなみにカタリナはシリウスとしか踊ったことがない。誰にも申し込まれなかったからだ。

相手がいないカタリナに、毎回シリウスがカタリナのパートナーとして名乗り出てくれたことを思い出し、そう口にすると、シリウスはふっと笑ってカタリナの額に唇を滑らせささやいた。

「当時はあれが背一杯の牽制だったんだ。お前と踊りたい男はたくさんいたぞ」

「え？」

シリウスの思わぬ告白に、カタリナの心臓が跳ねあがる。

「本当だ。俺は必死になって周囲の男に釘を刺していたんだ。誰もお前に近づけたくなかった」

彼の目がアイスブルーに輝いて、しっとりと濡れている。

「そうだったんだ……いやでも、シリウスやフィル、ネイト以外の男の人なんて、親しいわけでもなかったけど……」

「俺の努力の結果だな」

「なにそれ……自慢するようなこと？　ふふっ」

当然のように言われて、つい笑ってしまった。

だがシリウスがそうやって自分を独占したいと思ってくれていたことは、嬉しい。

彼に愛されているのだと甘酸っぱい気分になった。

そうやってしばらく身を寄せ合っていたところで、少しだけ開けた窓から音楽の音色が聞こえてくる。おそらく本番前の予行練習だろう。

「ね、音楽が聞こえるわ。踊りましょうよ」

カタリナはにこっと笑って、シリウスの胸のあたりを手のひらで叩く。

一瞬あっけにとられたシリウスだが、すぐにふわっと笑顔を浮かべて少しまぶしそうにカタリナを見つめた。

「ああ……そうだな。俺はお前と踊れるならどこだっていいんだ」

シリウスは左手でしっかりとカタリナの右手をとり、右手でカタリナの肩甲骨をささえながら、ステップの最初の一歩を踏み出したのだった。

「こうやって、ちゃんとしたドレスで踊るのは初めてね」

「ああ、士官学校じゃお互い制服だったからな。俺の夢がまたひとつ叶《かな》った」

シリウスはそう言って、軽くカタリナのこめかみに顔を寄せてキスをする。

「そういえば……ぴぃちゃんは留守番なのか？」

くるくるとステップを踏みながら、シリウスが問いかける。

「ううん、ちゃんと連れてきてるわよ」

「え？」

彼のアイスブルーの瞳が、カタリナの豊かに盛り上がった胸の谷間に移動した。

「いつもはひも付きの袋にいれてるんだけど、今日は谷間の奥に挟んで連れてきてるの。コルセットがあるから支えは十分かと思って」

「そっ……そうか……挟んで……」

なぜか唐突に、シリウスがごくりと喉を鳴らす。熱っぽい視線で胸に穴が開きそうだ。

「なにかいやらしいことを考えてない？」

少しからかうつもりでそんなことを問いかけると、シリウスが慌てたように首を振った。

「なっ、なにを言っている！　俺がそんな、挟んでもらいたいとか、そんな淫らなことを考えているはずがないだろう！」

あまりの勢いに一瞬カタリナは目を丸くしてしまった。

前々から感じていたことだが、シリウスはどうもカタリナの胸に執着しているようなふしがある。

「挟んでもらいたい……って……なに？　もしかして……顔とか……？」

カタリナがまじめに問いかけると、シリウスはカーッと赤くなってブルブルと首を振った。

「や、ちが……」

「違うの？　じゃあなにを挟むのよ」

「なにって……その、ナニをだな……」

よっぽど言いにくいことなのだろう。珍しく言いよどむシリウスの態度をおかしいな、と思いつつも、こうなるとカタリナはうんと甘やかしてあげたくなってしまう。

「よくわからないけど、シリウスがそうしたいならいつかしてあげるわ」

「えっ⁉」

シリウスがカッと目を見開いた。なかなか見ないほどの気迫だ。

「その、痛いことじゃないなら、だけど」

「いっ……痛くない、全然痛くないっ！」

シリウスはごくりと喉を鳴らした後、じっとカタリナの顔を覗き込む。この状況を誰かに見られたとしても、まさか胸の話をしているとは思わないだろう。

「じゃあ、そのうち……頼む」

宝石よりも美しいアイスブルーの瞳が恐ろしいくらい爛々と輝いていた。

「うん。わかった……」

その鬼気迫る眼差しに『そこまで……?』と思いつつもうなずくと、シリウスは信じられないくらい嬉しそうに、突然跳ねるようにステップを踏み始めた。

「ちょっとシリウス、速いわ!」

「いいじゃないか、楽しい気分なんだ!」

急にテンポが上がって振り回されそうになるカタリナを抱き寄せ、シリウスが笑い声をあげる。そんな彼を見ると、カタリナの心臓は甘く鼓動を刻み、そしてとてもあたたかく優しい気持ちが広がっていくのだ。

「シリウス、大好きよ……いつもこうやって笑っていられたらいいのに!」

カタリナが笑いながらそういうと、シリウスが驚いたように、瞳を輝かせる。

「……俺も……好きだ。大好きだ。カタリナ! お前がいてくれたら俺はなんのてらいもなく笑えるんだ。俺がカタリナを好きな一番の理由は、そこなんだ……!」

そしてシリウスは、もう我慢できないと言わんばかりにカタリナの腰を抱き寄せて口づけていた。

「んっ……」

いきなりのキスに息が止まりそうになる。

内心、せっかく美しい紅《べに》を塗ったのに、と思ったが、カタリナは無我夢中でキスをしてくるシリウスを突き放すことなどできない。

いつだってフレイドの王子らしくあるために自らを律しているシリウスを、自分くらい甘やかしたって罰は当たらないだろう。

(その前に、ナニを挟むのかはわからないけれど……頑張って挟んであげなきゃね!)

知らぬこととはいえ、我ながら恥ずかしい約束をしたものだと、のちのカタリナは激しく後悔するのだが、それはまた別の話である――。


それからしばらくしてルシアと侍女たちが戻ってきた。遅れてフィルも姿を現す。

「じゃあ俺たちは近くにいるからな」

「ああ、ルシアを頼んだ」

シリウスはそう言って、ルシアの小さな手を取って自分の腕にかける。

「あなたのことは俺たちが守る。安心してほしい」

「ありがとうございます、シリウス様」

ルシアは小さくうなずいて、そして一緒に部屋を出ていく。そのふたりの背中をカタリナは静かに見つめていたが、

「ちょっと待って」

と咄嗟《とっさ》に呼び止めていた。

「――ルシア、着飾れないのはわかっているけど、よかったら」

ルシアがいい服を着たいと言っているわけではないが、だからと言ってこのままにしておきたくない。

（教会の司祭たちは、いつもものすごく高そうな衣装を着ているのに……）

カタリナは自分がつけていた小さな真珠のイヤリングを外して、ルシアの耳元にそれをかざる。

「髪でほとんど隠れてしまうけど……」

彼女の豊かに波打つ黄金の穂の隙間から、真珠が輝くのが見える。

「カタリナ、嬉しいわ。ありがとう。お言葉に甘えてつけていくわね」

ルシアは花がほころぶように笑って耳元に触れる。気に入ってもらえたと思うと、少しだけ気が楽になった。

「うん。じゃあまたあとでね」

改めて出ていくふたりを見送る。

（ルシア……きれいだな）

そう、ルシアはとても美しかった。地味な修道服でも着ている本人の気高さで、輝かんばかりだし、シリウスにもまったく負けていなかった。

ふたりが見つめあっているとやはりお似合いだと思ってしまうし、なんだか胸の奥がモヤモヤする。

「妬《や》いてるのか」

そこで、背後に立っていたフィルがニヤニヤしながら口にした発言に、飛び上がりそうになった。

「えっ……!? そんなわけないじゃないっ!」

だがフィルの指摘は油断していたカタリナの心の真ん中をついたようで、カタリナはあからさまに動揺してしまった。そんなわけないといっておいてなんだが、そんなわけがあったようである。かなり恥ずかしい。

「――私、そういう顔してた?」

思わず両手で頬を押さえると、フィルがクックッと笑いながら顔を覗き込んでくる。

「殿下が見てなくてよかったな~。見てたら黙ってなかったぞ」

「うう……もういいから……」

カタリナは照れながらフィルのたくましい胸を押しやって、距離を取った。

シリウスはカタリナに『フィルがうらやましい』と言っていたが、どうやら自分もルシアを羨ましいと思ってしまったらしい。

(気を付けないと……今日、なにがあるかわからないんだから)

そう、浮かれてばかりはいられない。

今日はロアン公が主催した、聖女を慰めるための舞踏会なのだから——。

舞踏の間に続く長い廊下には鉾槍《ほこやり》を持った衛士《えいし》が等間隔に立っていて、入場のために並んだフィルとカタリナを見て、おや、という顔をした。

「お前、バケたもんなぁ」

通り過ぎた後、フィルがにやりと笑ってカタリナの耳に顔を寄せる。

「それはフィルもでしょ」

カタリナは漏れ聞こえるワルツの音色に合わせて、ごく自然に足を進めるフィルを見上げる。

実家の白薔薇の徽章を赤い襟に着けた軍礼服姿のフィルは、ただ歩いているだけなのに堂々としている。おおざっぱに見えて、他人に見られることに慣れている。ちゃんとしようと思えば、できる男なのだ。

なんだかんだいって公爵令息なのだから、生まれついた上品さは隠しきれないのだろう。国境で生まれ育ち、兄たちと自然の中で遊んでばかりいたカタリナとは、貴族としての年季が違うと今更ながら思う。

（私、本当にシリウスの奥様になれるのかしら……？）

花嫁教育はかなり大変なことになりそうだ。若干不安になりながら、ぞくぞくと室内に入っていく人々の列に並ぶ。

　室内は非常に混み合っていて、騒がしい。軍服やドレス、大きな宝石がついたネックレスや勲章の輝きがチカチカと眩しくて、カタリナは軽く目を細めながらあたりを見回した。

「ロアン公はどこ？」

「シリウスたちと一緒だな」

　フィルがちらりと視線を向けた先に、確かに彼らの姿があった。じっと目を凝らすと一応和やかに談笑しているように見えなくもない。

「なに話してるんだろう」

「一応人目があるから、無難な話じゃないか」

「いや……絶対、なにかイヤミっぽいこと言ってると思う」

「――かもな」

　ロアン公は、あからさまにシリウスを貶めるのではなく、いかにも『この国を思い、気遣っています』というふりをするのがうまい。

『シリウス殿下のお母上は、わが国の気候には最後まで馴染《なじ》めなかったようだが、殿下は大丈夫ですかな？』

『兄上はずっとあなたのことを気にかけておられたが……その目、ずいぶんとかの国の色が強く出ているようですな。成長すればするほどに』

——もしかしたらシリウス殿下はフレイドの血を引いていないのでは？

——あの目の青さは我が国の血を引いていたら出ないのでは？

そうやって周囲に不審という種をまいていく。

あとは疑惑という芽が出るのを待つだけ。

ひとりでも多くの人間に、そう思わせたらロアン公の勝ちなのだ。

（あの丁寧に撫でつけた髭、引きちぎってやりたいわね……！）

そんなことをフィルとワルツを踊りながら考えていると、あっという間に時間が経っていった。人々の熱狂も頂点を超えて、まさに宴もたけなわだ。

「ねぇ、今日はこのまま終わりかしら」

「いや、気が緩んだ時があぶねえってネイトが言ってたぜ」

フィルが軽く肩をすくめた。そう言われれば、そんな気もする。

そして幼馴染の言葉は、それからまもなくして、正しいことが証明されてしまった。

「伝令です！」

突然、衛士が大きな声を上げて舞踏の間に飛び込んできた。だが人々のざわめきはすぐには小さくならない。

「フィル……」

「ああ」

カタリナとフィルはうなずきあって衛士の様子を目で追いかける。衛士は人々のあいだをかき分けてロアン公のもとに行くと、その場に片膝を立てて巻物を差し出した。

「どうした。今は聖女のための舞踏会の最中だぞ」

ロアン公は差し出されたそれを受け取って広げ、

「――なんということだ！」

役者のような大仰な仕草で、頭を振った。

「どうしたんですの？」

すぐ近くにいた伯爵夫人が心配そうに尋ねると、ロアン公は「皆さん！　お聞きくださ い！」と両腕を広げた。

彼の声に、演奏されていたワルツは止まり、踊っていた貴族たちも不思議そうに立ち止まって彼を見つめる。少し離れたところでルシアと一緒に諸侯と談笑していたシリウスもまた、怪訝そうな表情を向けた。

そうやってその場にいた全員の目が自分に集まったことを確認してから、ロアン公は持っていた巻紙を頭上に持ち上げ、皆に広げて見せる。

といっても、字はあまりにも小さくて見えるはずがないのだが、人の視線を集中させることには成功したようだ。

「このような場にはふさわしくないことをお伝えすることをお許しください！　今この国に大

きな危機が訪れようとしています！」

それを聞いて人々は動揺し顔を見合わせる。

「ええっ⁉」

「いったいどういうこと……？」

聖女を慰めるはずの舞踏会は、瞬く間に不穏な空気に満たされていった。

カタリナだって同じ気持ちだ。嫌な予感とともに、隣に立っているフィルを見上げる。

「フィル……」

「――」

フィルは厳しい表情で唇を引き結び、彼の枯草色の目はロアン公に向けられていた。

「北の国境沿いにスカー族が現れたそうです！　彼らは近隣の村を蹂躙《じゅうりん》し我が国の国境を脅かさんとしているとか！」

「まぁ……！」

「なんてことだ」

貴族たちは怯《おび》えたように顔を寄せ合い、若いご令嬢などは絶妙なタイミングで、

「なんて恐ろしいっ……ああっ……」

と、気を失い、殿方に体を抱きとめられていた。

ロアン公の発言によって、あっという間に宴の場は混乱し始める。

各々が叫び、嘆き、声を上げて異民族を倒せと声を上げ始める。

「――フィル、聞いた？」

カタリナは驚いてフィルの腕をつかんでいた。

「ああ……ここ三年は大人しかったはずだがな」

スカー族というのは、フレイド王国の最北端の国境の向こう、山岳地方一帯に住む少数民族だ。過去数百年、フレイド王国とは領地をめぐって争いを起こしていて、未だに決着はついていない。

「なんでも新しい部族の王は、非常に好戦的で残虐なのだとか！」

「なんて野蛮な……」

「ロアン公、出兵を！」

ひとりが詰め寄ると、その周りにいた貴族たちも慌てたようにうなずく。

「ええ、勿論です」

そしてロアン公は少し離れたところにルシアと立っているシリウスに向けて、腕を差し伸べた。

「我らがシリウス王子が、きっとスカー族を退けるでしょう！」

まるで舞台の上の役者のように、ロアン公が高らかに声を上げる。

「はっ……はぁ～～⁉」

その発言を聞いて、カタリナの口から思わず大きな声が出てしまった。

だが舞踏の間はロアン公の発言を聞いた人々の歓声で割れんばかりになっていて、カタリナの抗議の声はかき消されてしまった。

「なんと殿下が！」

「頼もしい！」

「さすがですわ〜！」

そして戸惑うシリウスを、あっという間に貴族たちが取り囲んでいく。

「ちょっ、なんなの、フィル、どういうこと⁉」

「やられたな」

フィルははぁ、とため息をついて肩を落とす。

そう、やられてしまった。

衆人環視の前で、ロアン公はシリウスを今もっとも危険な場所へ送ることを、決めてしまっていたのだ。

ロアン公による、シリウス王子のスカー族討伐という熱狂的な発表とともに、舞踏会はお開きになった。

本当になにもかもがあっという間の出来事だった。シリウスは明日準備を整えて、夜には王都ナパールを立つ。

　別室に集まったフィル、そしてカタリナとルシアはシリウスに詰め寄った。

「シリウスの意志を無視してスカー族の討伐に向かわせるなんて、あの髭、最低最悪っ……！」

「舞踏会はこのためだったんだな」

「私をだしにして……ひどいですっ」

　だがそんな三人の発言を聞いて、シリウスはゆっくりと首を振った。

「気にする必要はない。仮にあの場で指名されなくても、俺は自分が行くと言ったさ」

　彼は少しだけ目を細めて、真っ青になったまま黙り込んでいるカタリナを見つめた。

「カタリナも、大丈夫だ」

　頭に血をのぼらせている三人とは対照的に、彼はとても冷静だった。

「シリウス……」

　そうだ、シリウスという人はこういう人なのだ。

　ロアン公が卑怯《ひきょう》な手で彼を危険な状況に追いやろうとしていると分かっていても、それがやるべきことならやるしかないと覚悟をしている。

　だがもどかしい。利用されているとわかっていても正義を貫こうとするシリウスに、カタリナはどうしようもなく切なくなってしまった。

（頑張ってる人が報われないなんて、この世に神様は本当にいるの⁉）

ルシアといいシリウスといい、いい人ほど献身的で、周囲から潰されてしまわないかと不安になってしまう。

そこで、それまでじっと考え事をしていたネイトがようやく口を開いた。

「とはいえ、あまりにもタイミングがよすぎますね。ロアン公の周辺の人の出入りを少し調べてみる必要があります。聖女様はフィルと一緒にいたほうがいいでしょう。すぐに準備をして、誰にも気づかれないよう公爵邸に行ってください。いいですね、フィル？」

「ああ、勿論だ」

「はい……わかりました」

ルシアはこくりとうなずいて、それからシリウスとカタリナを振り返った。

「シリウス様……ご無事をお祈りしております」

「ええ。あなたも気を付けて」

上品に微笑むシリウスだが、ルシアはそれでも不安そうだった。

「大丈夫よ、ルシア。あなたはまず自分の身を守って」

彼女を励ますためにカタリナがそう言うと、ようやく公爵邸に行くために部屋を出ていった。

部屋にはシリウスとカタリナのふたりきりだ。

（よし、私もやるべきことをやらなくちゃ）

だが目の前でドアが閉まったその瞬間、

「――お前は連れて行かないぞ」

シリウスが先回りするように言い放ち、カタリナは仰天してしまった。

「えっ！　なんで？」

当然、付いていくつもりだったカタリナは納得できない。

「駄目だ。今回スカー族がどこまで本気かはわからないが、過去には死者も多く出た戦いがあった。そういう場所にお前を連れて行くわけにはいかない」

シリウスはきっぱりと言い切って、それからカタリナを抱き寄せる。

「頼む、カタリナ。俺はお前が待っていてくれると思うからこそ、生きて帰ろうと思えるんだ。お前には、俺の帰る場所でいてほしい……わがままかもしれないが、俺の願いを聞き入れてくれ」

「シリウス……」

耳朶《じだ》に響く彼の声は温かく、優しかった。

本気でそう思っているのが伝わってくる。

（そんなの、ずるいよ……無理に連れて行けなんて、言えなくなるじゃない……）

ただ待っているだけなんて嫌なのに――。

だがシリウスのいうこともわからないでもない。

カタリナは無言でぎゅっと唇をかみしめると、そのままシリウスの背中に腕を回すことしかできなかった。


翌日、ドレスからまたいつものメイド服姿に戻ったカタリナは、ルシアと共にシリウスの元へと向かう。シリウスは自ら軍備を整え出発の時間を待つだけになっていた。

（もうすぐ行ってしまうのね……）

カタリナは無言でルシアの背後に立ち、あたりを見回す。

いつもは騎士たちの訓練場になっている広場には、フレイド騎兵団の団員である数百人の騎士や兵士が集っており、慌ただしく行軍の準備にあたっていた。

あたりは松明《たいまつ》の炎がゆらゆらと揺れて、見ているだけで不安になってくる。

「シリウス殿下はどちらに？」

ルシアが通りすがりの騎士に声をかけると、

「あっ、聖女様！　少々お待ちください。お探ししてきます」

それからまもなくしてシリウスが慌てたように駆け寄ってきた。

いつもの騎士団服だが、腕や腹のあたりに細い鎖で編んだ帷子《かたびら》がちらちらと覗いて見えた。装備を見れば命がけの遠征だとわかる。

また不安が込み上げてきて、カタリナはぎゅうっと奥歯を噛み、なんとか平静を装ってルシアの後ろに立っていた。人目さえなければ、シリウスに飛びついていたかもしれない。

「――てっきりもうフィルのところに行ったのかと」

シリウスはそう言いながら、ルシアを気遣うような視線を向けた。

「ええ……迎えの馬車に待ってもらっています。シリウス様、どうぞご無事で」

ルシアは両方の手のひらを天井に向けて、目を伏せる。次の瞬間、彼女の手がぽうっと発光し、その光がシリウスを包み込んだ。

その神秘的な御業《みわざ》を見て、周囲の騎士たちがおお、と声をあげた。

「聖女の加護があれば、百人力ですよ。ありがとうございます」

シリウスは微笑んで、そっとルシアの手をとり甲に口づける。

美しい王子と聖女のその姿に、騎士や兵士たちはいたく胸を打たれたようだった。

「見よ、我らには聖女の加護がある！」

「応ッ！」

みるみるうちに騎兵団の士気が上がっていくのが伝わってくる。

（やっぱり絵になるな……）

ふたりの気持ちは知っているが、ついそんなことを考えてしまうのは自分の悪い癖かもしれない。ほんの少しだけ落ち込んでいると、

「――カタリナ」

ルシアの手の甲に唇を寄せたシリウスが、小さな声で名前を呼び意味深にウインクをする。

(え……？)

いったいどういう意味かと目をぱちくりさせるカタリナをよそに、彼は無言でマントをひるがえし、スタスタと広場を離れて歩いていった。

「カタリナ、行って。私はここにいるから大丈夫よ」

シリウスの意図はルシアにも伝わったようだ。硬い表情を緩めて、とても優しい目でカタリナに微笑みかける。

「あ、は、はいっ……では失礼します」

カタリナはルシアに頭を下げ、慌ててシリウスの背中を追いかけていた。

(竜の紋章だ……！)

シリウスは騎士団服の上から、背中に大きく竜の紋章が入ったマントをつけていた。

漆黒の闇に銀色の竜の刺繍はフレイド王家の証だ。やはり彼が身に着けるのがふさわしい。

黒竜はロアン公ではなく、シリウスのための紋章なのだ。

シリウスは訓練場の壁の裏へとまわり、立ち止まる。ちょうど松明の裏になり足元が照らされているだけで薄暗い。

「シリ……」

彼の背中に呼びかけようとした瞬間、シリウスは振り返ってカタリナを腕の中に閉じ込めるやいなや、顎さきを指で持ち上げて、覆いかぶさるように口づけてきた。

「んっ……」

突然のキスに言葉が奪われる。すぐに唇を割って舌が滑り込んできた。

「あ、っ……ンッ……」

本格的に体を離そうとすると、逆に腰を強く引き寄せられて背中がのけぞった。

「カタリナ……」

シリウスの口づけはいつになく強引だった。カタリナの歯列をなぞり、舌を吸い、からませながら唾液を注ぎ込んでいく。

「ん、んんっ……は、ふっ……」

飲み込めない唾液が唇の端を零れ伝い落ちる。はくはくと唇を震わせ、うまく息が吸えないカタリナの脚がガクガクと震え始める。

(だめ、立っていられない……！)

そのまま崩れるようにしゃがみ込むが、それでもシリウスはカタリナから手を離さず一緒に崩れるようにその場に膝をついてしまった。

このまま離れてしまったら、二度とこうできなくなると言わんばかりに――。

強く、強く、思いを込めて口づける。

（なんてがむしゃらな、キス……）

激しく求められて、カタリナの胸の奥が甘くうずく。ほんの少し前までこんな感情を知らなかった。強い思いに眩暈がする。

一方シリウスは、そこでようやく満足したように軽く息を吐き微笑んだ。

「大丈夫か」

「だっ……大丈夫……？　はぁ……っ……うん、うん……」

正直いってクラクラしているが、大丈夫じゃないとは言いたくない。なんとか呼吸を整えてから立ち上がると、シリウスがカタリナの頬を両手で包み込み微笑む。

「強がりだな、カタリナは」

「そんなことないわ。普通よ……」

「かわいい」

「だからそういうこと言わなくていいからっ」

カタリナの頬にカーッと熱が集まった。

だがシリウスはニコニコと微笑みながら、顔を逸らすカタリナの顔を覗き込んでくる。

「なぜだ？　愛しいお前をかわいいと思うのは当然だろう」

自分よりも美しいシリウスにこういうことを言われると、恥ずかしいのと申し訳ないのとでカタリナは硬直してしまう。なにしろ幼馴染含め周囲からはリーヴェン辺境伯の四男として扱われていたので、褒められ慣れてないのだ。

「うう……」

カタリナが林檎のように真っ赤に染まってしまったところで、

「今までずっと心の中で押し殺していたんだ。言わせてくれ」

シリウスはカタリナの額にそうっと口づける。

優しいキスが額や頬にそっと繰り返される。

愛しい、愛しいという思いが伝わってくるようだ。

「――カタリナ。必ず帰ってくるから」

シリウスがカタリナの頬を指でそっと撫でる。

「うん……」

カタリナはこくりとうなずき、そのままぶつかるようにシリウスに抱き着いていた。

「ぴぃちゃんも待ってるからね！」

「ああ」

シリウスはしっかりとうなずいた後、それからカタリナの胸のあたりに頬を押し付ける。

ちょうどぴぃちゃんを隠しているあたりだ。

「竜騎士フレイドの末裔が希《こいねが》う。カタリナは俺の愛するただひとりの女性だ。だからお前も彼女を守ってくれ」

「シリウス……」

メイド服の下のぴぃちゃんにも、きっとシリウスの想いは伝わったのではないだろうか。そんな気がした。

(必ず無事でいてね……)

松明を掲げて出発するシリウスの一団を、カタリナとルシアは離宮からいつまでも見つめていたのだった。

六話　未来のために

シリウス達が旅立って、すでに五日ほどが過ぎていた。

今日はネイトがカタリナの私室に、現在のシリウス達の状況を説明しに来てくれた。

「国境に到着してから、数回小競り合いはありましたが、基本的には双方にらみ合いが続いているようですよ」

「そうなんだ……いつまで続くのかしら」

「さぁ、どうなんでしょうね。こちらが先に引くわけにはいきませんし、案外長くなるかもしれません」

ネイトは飲んでいた紅茶のカップを丸テーブルの端に押しやると、胸元から取り出した地図をカタリナとの間に広げる。

「斥候によると、今シリウス達はこのあたりに陣を張っています。一方スカー族は、こちら」

カタリナは、とん、とん、と彼が指さした地形を見下ろした。

地図の地形を見てカタリナはふぅんとうなずく。

「いわゆる囲地《いち》ってやつね」

カタリナの発言を聞いてネイトが『意外』という表情になる。

「ちゃんと授業内容を覚えていたんですね」

「あっ、あったりまえでしょ～！」

兵学の授業は退屈でいつも眠気と戦っていたカタリナは、ドキッとしながらも唇を尖らせる。

「侵入するには狭く戻るのも難しい土地は、敵味方双方にとって突破が難しいわ。そんな土地を挟んで双方がにらみ合っているというのなら、無駄に時間が過ぎるのも無理はないわね」

「新しく族長になった男はずいぶん頭が切れるらしいですが、正直、よく訓練された殿下の兵なら三百もあれば負けるはずがないんです」

「じゃあ、今回の小競り合いは周囲に向けた演技なんじゃないの。新しく族長になったというのなら、なおさら部族内に力を示しておく必要があるだろうし」

カタリナはお行儀悪く椅子の上で膝を抱えなおし、顎をうずめる。

「だといいんですけどね。では僕は一応、ここにいる聖女様のご機嫌伺いをすませてきますよ」

「うん。わかった。じゃあまた」

カタリナがひらりと手を振ると、ネイトは軽くうなずいて部屋を出て行った。

この離宮にいる聖女ルシアは、ネイトが用意した影武者である。

シリウスが旅立ってからずっと体調が優れないと部屋にこもっていて、その中に入れるのはカタリナと信用している侍女たちだけにしていた。

ちなみに本物のルシアはフィルと一緒に、公爵が用意した別荘に滞在している。このことを知っているのは、幼馴染とフィルの一族だけだ。

「はぁ……なんだか落ち着かないな」

カタリナはメイド服の胸元からぴぃちゃんが入った袋を引っ張り出しながら、話しかける。

「ねぇ、ぴぃちゃん、シリウスは大丈夫だよね。無事に帰ってくるよね」

語り掛けたところで当然返事はないが、卵がキラキラと輝くのを見ていると、少しだけ気持ちが慰められるのだ。

そうやってシリウスのいない時間の寂しさを埋めているカタリナだが、ふと気が付いた。

「あれ……ぴぃちゃん、なんだか大きくなってない？」

シノにもらったフロシキで作った卵入れ袋は、かなり余裕をもたせて作っていたのだが、袋から取り出して手のひらにのせたときの感覚が違う。

卵を産んでからかれこれ八か月、大きさはほとんど変わらなかったが、やはり違和感がある。

カタリナは両手で卵を持ち、それからそうっと卵に耳を押しあてた。

「ぴぃちゃん……？」

コツコツ――。

ドアをノックするように内側から殻を叩く音が返ってきた。

「えっ、うそ、返事した……！」

カタリナは仰天して、慌ててベッドへと向かい卵を敷布の上にそっとのせる。

「えっ、嘘っ！　ぴぃちゃん、ママよ、カタリナよっ……！」

カツン……。

やはり声をかけると間違いなく反応がある。

「うわぁ～‼」

カタリナは大声で悲鳴をあげたい気持ちを必死に抑えながら、両手で口元を押さえる。

どういう形で生まれてくるかはわからないが、この中からいずれ自分とシリウスの子供がうまれてくるのだ。

そう思うと愛おしさで胸がいっぱいになる。

カタリナはしばらくの間、卵を抱いたり頬擦《ほおず》りしたり、話しかけたりしながら、卵を愛《め》でていた。

（早く……早く帰ってきてね、シリウス……！）

だが結局状況は変わらないまま、また数日が経った。

待っているだけというのは本当に辛い。特にやることもないので箒《ほうき》で離宮の庭を掃除していると、

（ああ～退屈～！）

「カタリナさ～ん！」

と若い衛士が手を振りながら駆け寄ってきた。

「あら、こんにちは」

二十代半ばのその衛士は、最近カタリナによく声をかけてくる、人のよさそうな青年だ。

「カタリナさん、これうちの実家から送られてきた葡萄《ぶどう》なんだ。よかったらどうぞ」

「わー、嬉しい、ありがとう！」

カタリナは箒を小脇に抱えて、籠いっぱいの葡萄を受け取った。

衛士は裕福な商家の出身らしく、将来は実家に戻って商売を継ぐことになっているらしい。なにかにつけて、実家から送られてきたという最高級の果物をおすそ分けしてくれる。

（私のことといつもお腹を空《す》かせてる女の子だって思ってるふしがあるけど……おいしいものをくれるのはいい人だわ）

カタリナはホクホクと微笑みながら、葡萄を見て、一粒だけ口に放り込む。

奥歯でかみしめると、口の中に甘い果汁がじゅわりと広がった。本当にいい葡萄のようだ。

「甘くておいしいわ」

「そ、そっかぁ、よかった～」

衛士はほわほわと人のよさそうなほほえみを浮かべ、照れたように栗色《くりいろ》の髪を何度も撫でつけていた。

「そういえば、さっき宮殿の方が騒がしかったけど、なにかあったの？」

「ああ、それはシリウス殿下に援軍を送る準備をしてるんだよ。これでようやく殿下も帰ってこられるんじゃないかなぁ」

「ロアン公が兵を集めて、殿下に援軍を向けるの？」

「国中にお触れを出して志願兵を募るんだって」

強張った表情で詰め寄るカタリナに、衛士はうんうんとうなずいて「よかったよね」と微笑む。だがカタリナはそれを素直に受け止められなかった。

（あのロアン公が『シリウスに援軍』を出す？）

今回の派遣しかり、魔獣討伐しかり、なにかとシリウスを危険な目に合わせようと画策していたロアン公が、シリウスを助けるために兵を募っているなんて、信じられない。

そもそも正規軍だけでなく志願兵を募るのはなぜだろう。

なにやらよからぬ思惑を感じたカタリナは、いてもたってもいられなくなってしまった。

こうなったらじっとしてはいられない。

「あの、それで僕、今回は志願兵として軍に参加しようと思ってるんだけど、その、戻ってき

ていたのだった。

衛士がなにかモゴモゴと口走っていたが、カタリナはその時には、箒を放り出して走り出していたのだった。

自室に飛び込んで眼鏡を外し、着ていたメイド服を乱雑に脱ぎ捨てたカタリナは、クローゼットに押し込んでいた旅装をひっぱり出していた。

(嫌な予感がする……!)

やはりどう考えても、あのロアン公がシリウスを助けるとは思えない。フィルやネイトに相談したかったが、彼らはここにはいない。ならもう今、ここで、自分で決断するしかない。

(ロアン公が送る兵よりも先に、シリウスのもとに向かう……!)

そうして急いで準備をしていたカタリナだが、ふと胸元を見てハッとした。

「ぴぃちゃん……」

卵はここ数日でさらに急激に大きくなっていた。今は生まれたての子供の頭くらいだろうか。

今までの袋に入らなくなったので、最近はフロシキにキャンディのように包んで、コルセットの上に斜めがけをして身に着けている。

(さすがに置いて行ったほうがいいかな……)

カタリナはうむむ、と眉を寄せる。

戦場に子供を連れて行くなど言語道断だと思う。だがここまでずっと一緒にいたのだ。離れたくない。なにより女の勘が『そばにいたほうがいい』と告げている気がする。

こういう時のカタリナのひらめきは、幼馴染たちから『野生の勘』と言われてよく当たるのだ。

「ぴぃちゃん、一緒に行ってくれる？」

カタリナがぴぃちゃんにそう呼びかけると、応えるように卵の中からコツコツと音が響いた。

一緒に行くよと、言われた気がした。

「ありがとう。あなたのことは絶対に守るからね」

カタリナはそう言って卵にキスをしたあと、長袖のチュニックを頭からかぶり、ズボンを穿いて腰に太い革のベルトをグルグルと巻き付けた。乗馬のための長靴の紐をずれないようにきつく縛り上げ、腰には士官学校時代から愛用している剣を佩《は》くのも忘れない。

そして頭からフード付きのマントを羽織り、短い革の手袋をつける。

それからふと思いついて、書き物机の上に置いてあった半紙に、幼馴染あての言伝《ことづて》を書き残すことにした。

『嫌な予感がするからシリウスのところに行きます。大丈夫だから安心してね。カタリナ』

そしてその半紙を、身代わりの聖女がこもっている部屋のドアの下から差し込んだ。

ルシアの侍女たちが、幼馴染たちに知らせてくれるはずだ。

本当は事情を打ち明けてから出発したほうがいいような気もしたが、今は一刻一秒が惜しい。

馬を求めて向かった離宮の厩舎には、シリウスが訓練した愛馬たちが悠々と飼い葉を食《は》んでいた。その中でも一番体力がありそうな栗毛《くりげ》を選んで、カタリナは声をかける。

「オーラオーラ……いい子、私はカタリナよ。シリウスのところに行きたいの。だからお前に乗せてくれる？」

カタリナが馬の首を手のひらで撫でると、軽くいなないた。どうやら大人しく乗せてくれそうだ。

驚かさないように馬具を持ってきて装着し、問題がないのを確認して鐙《あぶみ》に左足をかけてひらりとまたがる。グズグズしてはいられない。間もなく志願兵も出発するはずだ。

「さぁ、行くわよ……」

カタリナはチュニックの上から卵をなで、手綱を引いた。

カタリナが姿を現せば、きっとシリウスは怒るだろう。

待っていてくれと言われたし、自分もそう約束した。だが杞憂《きゆう》であればそれでいいのだ。

（そう、なにもなかったら、それでいいのよ……！）

＊＊＊＊

この膠着《こうちゃく》状態はいつまで続くのだろう。

シリウスはひとり野営のテントの中で、地図を眺めながら思案に暮れていた。

（スカー族はたまにこちらを煽るように兵を出してくるが、それだけだ。追えば波のように引いてしまう。深追いは禁物だが、さて……）

シリウスは手持ちの駒で陣営を何度も作りなおしながら、しばらく考え込む。

外からはパチパチと松明が燃える音だけが聞こえる、静かな夜だった。

（お互い数百の兵を抱えていて、兵糧はそのうち尽きる。数でいえば五分だが、正面からぶつかれば勝つのはこちらだ）

シリウスはフレイド騎兵団所属の騎士や兵士を、十分に鍛えている。騎兵だけでなく、歩兵も精鋭中の精鋭ばかりだ。この国で、ここまで騎士団を強くしたいと願っているのは、おそらく自分だけだ。だからロアン公やその取り巻きからは自分が『野蛮な戦好き』と陰口を叩かれていることを知っている。

そのくせ魔獣や国境沿いのいさかいがあるときだけ駆り出されて、便利に扱われているのはわかっているが、それでもシリウスは黙々と、騎士の国の王子としてやるべきことをやるしかない。

（そうですよね、父上……）

父王はシリウスが物心ついたころからすでに多病だったが、いつだって努力を怠らない人だった。たゆまぬ研鑽《けんさん》を積み周囲から尊敬されていたのは、その姿勢にあったとシリウスは思う。だから自分もそうするのだ。

フレイド王国に生まれた王子として、そうやって生きていく。

たったひとつ――王子としてでなく人としてわがままを言えるのであれば、願わくば、愛する娘と一緒にいたい、それだけ。

シリウスの望みなどその程度だ。本当にそれだけでよかった。

テントの隙間から、生ぬるい風が吹き込み、シリウスの黒髪を揺らす。

「ん……？」

シリウスは地図から顔を上げて立ち上がった。自分達がいる場所は南から風は吹いてこない。

それはこのあたりが山々に囲まれているからだ。

だが今、自分のいるテントに南から風が吹いている。

テントを出ると、寝ずの番をしていた衛士が振り返った。

「殿下、どうなさいましたか？」

「……風が強いな」

「そうですね。ここのところずっと無風でしたから……」

そうやって話していると、遠くから兵士が走ってくるのが見える。

「殿下っ、シリウス殿下っ！」

「どうした？」

崩れるように座り込む兵士に駆け寄ると、彼はぜいぜいと息を切らしながら、しがみつくようにシリウスの腕をつかむ。

「援軍が来ました！　ロアン公の旗を掲げています！」

「は……？」

シリウスは怪訝そうに眉をひそめた。

叔父に援軍の要請などしていない。まったく心当たりがない。

「なぜ、そんな……今になって。今まで一度も援軍など送ってきたことがないというのに……」

シリウスのつぶやきを聞いて、兵士はほっとしたように相好を崩す。

「ようやく殿下のお力をお認めになったのでは？」

「叔父上がか？」

そうだとしたらありがたいが、なによりこの囲地という難しい土地で自軍の数を増やしたところで、意味がないのは明らかだ。

（では、なぜ……？）

その次の瞬間、シリウスは全てを理解していた。

ハッとして周囲の兵士に向かって、大声をあげていた。

「全軍、左右に散れ！」

そしてシリウスは腰に佩いていた剣を抜き、馬に飛び乗った。

「それは味方じゃない！　いいか、すぐに散れ！　まとまって逃げるな！」

＊＊＊＊

「遅かった……！」

カタリナは悲鳴に近い声を上げながら、馬を走らせた。

一頭しかいない馬を潰すわけにはいかず、焦りながらも休み休み走っていたせいか、カタリナが北の国境に着いた時にはすでにあたりは騒然となっていた。

「クソッ、なぜ気づかれたんだ！」

「王子の兵は一人も逃がすな！　王子を殺せばたっぷりと褒美が出るぞ！」

明らかに味方でない声が聞こえて、カタリナは木々に馬と一緒に身を潜め、周囲を確認しつつ聞き耳を立てる。

追っ手の数は百程度だろうか。ロアン公の百合の紋章の旗を掲げ、松明を振り回し叫んでいる。どうやら彼らの会話の内容からして、シリウスはロアン公のたくらみに気づいて、逃げおおせたらしい。

（よかった……）

やはりロアン公は援軍を送るとみせかけて、王子を殺すための兵を先に向かわせていたのだ。援軍はあくまでも目くらましだ。

（シリウスをどさくさに紛れて殺害し、その罪をスカー族になすりつける……そして後から送った援軍でスカー族を討ち、シリウスの弔い合戦ごっこでもするつもりなのかもしれない）

そして手柄はロアン公の総取りだ。

（心底、卑怯者《ひきょうもの》ね！）

ここで飛び出してもなにもならないと分かっているが、ぐつぐつと腹の底が煮える。

カタリナはぎゅうと唇をかみしめて、あたりの様子を探っていたが、とりあえずこの場を離れることにした。

（あいつらより先にシリウスを見つけなくちゃ……！）

カタリナはゆっくりとその場から距離をとり、あたりをよく観察しながら意識を集中させる。

（考えろ……考えるんだ）

カタリナは地面を見つめる。

馬の蹄《ひづめ》の跡を辿《たど》ろうにも、踏み荒らされてぐちゃぐちゃだ。

前にはスカー族、後ろからは自分を殺そうとしている叔父の兵たちが追いかけてくる。

シリウスならどちらに逃げるだろうか。

（シリウスならきっと……！）

カタリナはそっと馬に飛び乗り、腹を軽く蹴ってまた走り出していた。

迷っている暇はない。自分が進む先にシリウスがいると信じて、走るしかない。

暗闇の中で、避けきれない森の木々がカタリナの体をなぶり、葉や枝の先が頬をかすめた。

ぶら下がった木の蔓《つる》が結い上げたカタリナの髪に引っかかり、結い上げた髪がほどける。

だがいちいち立ち止まってはいられない。カタリナはまっすぐに北上していく。

（そう、シリウスならきっと――）

森と断崖が複雑に入り組んだ隘路を抜けた先が、パーッと開ける。


「――シリウス！」

シリウスが背負った竜の紋章が、カタリナの目に飛び込んだ。

「カタリナ⁉」

馬上でスカー族相手に剣をふるっていたシリウスが、ハッとしたように振り返る。

周囲は断崖絶壁、頭上からは雨のように降り注ぐ敵の矢。

だが彼ならきっとこうすると思っていた。

逃げて身を守ることよりも、戦って道を切り開くだろうとカタリナにはわかっていたのだ。

「私も一緒に戦う！　待っているだけなんて絶対にいやっ！」

彼を守るためにカタリナは騎士の道を選んだのだ。

「やあっ！」

大勢の男たちのうなるような叫び声の中、カタリナは腰に佩いていた剣を鞘から抜き、シリウスに向かって飛んでくる矢を薙《な》ぎ払《はら》った。

そんなカタリナを見て、シリウスは一瞬泣き笑いのような表情を浮かべ、そして誰もが見とれてしまうような、艶やかな笑みを浮かべる。

「本当にお前という女は……帰ったらお仕置きだな！」

表情と発言が一致しない気がして、カタリナは目を丸くした。

「えっ、なんでお仕置きっ⁉　助けに来たのよ、私！　ひどいっ！」

カタリナは悲鳴を上げながら、なおも飛んでくる矢を剣で払いつつ、前へと駆け出していくシリウスと馬を並べて走る。

何事にも慎重なネイトに見られたら叱られそうだが、カタリナの胸は歓喜に弾んでいた。

そうだ、やはり待っているだけなんて性に合わない。どんな時でも、彼の隣を走っていたい。

「ちなみにシリウス、これどこに行ってるの⁉」

カタリナの問いかけに、シリウスは快活に笑った。

「族長のところだ！」

「ええっ！」

敵の首領のもとに向かうなんて笑って話せることではないが、なぜかシリウスは笑っていた。

「殿下、我らが道を開きます！」

周囲にシリウスの兵士たちが集まってくる。

「ああ、頼む！」

スカー族は剣よりも矢を得意としている。シリウスの兵士たちは盾で矢を受け流し、壁となり左右の敵をさばいていった。カタリナも必死に剣をふるい、矢を叩《たた》き落していく。

（絶対にシリウスを守って見せる……！）

カタリナは女だが、敏捷性《びんしょうせい》にすぐれている。おまけに目もいい。降り注ぐ矢を払うことなど朝飯前だった。

そうしてシリウスの操る馬は、囲地の最奥、どん詰まりまで到着したのだった。

「スカー族の族長よ！」

手綱を引き馬の足をとめたシリウスは朗々たる声を上げる。

「フレイド王国のシリウス・ジャック・フレイドだ！　王子として、族長であるあなたと話がしたい！」

夜の闇の中に、高らかにシリウスの声が響き渡った次の瞬間――。

ピィ――――――！

と笛の音がして、天から降り注いでいた矢がぴたりとやんだ。

「矢が……」

カタリナは驚きつつ声がしたほうに向かって顔を上げると、そこにひときわ色鮮やかな民族衣装をまとった姿があった。手には小さな笛を持っている。

（あの人が……新しい族長……？）

息を呑むカタリナだが、族長は馬に乗ったまま、断崖からひらりと飛び降りる。

「あっ、危ないっ！」

とっさに声を上げたカタリナだが、族長はまるで重さを感じさせないような動きで馬を操り、急斜面を軽やかに一番下まで駆け下りていく。その族長に続いて、十人ほどが同じように馬で降りてきた。まるで手品でも見ているかのようだ。

「すごい……」

スカー族は男女の区別なく、立ち上がるよりも先に馬に乗ると聞くが、それは噂ではなく真実なのだろう。鮮やかな馬術にカタリナは息をのむ。

「尋常に『勝負』ではなく、話がしたいと言われるとは思わなかったな」

色鮮やかな装束を身にまとった族長は、頭を覆っていたフードをゆっくりと下ろす。年のころは三十代前半くらいだろうか。黒髪に褐色の肌をした端整な美丈夫だ。そしてなにより彼の目は透き通るような赤い色をしていた。

「あなたが族長か」

シリウスは問いかけながら、馬から降りて剣を鞘にしまう。

「シリウス……」

それは敵意がないという証だ。カタリナもすぐに下馬し剣をおさめる。周囲の兵士もシリウスにならい、同じようにした。

「族長、殺したほうがいいのでは？」

それを見て、族長の背後にいた青年が矢を引き絞る。

咄嗟にカタリナはシリウスの前に飛び出していた。

「敵意がない相手にそんなことしないで！」

精いっぱいにらみつけると、

「フレイドに女の戦士はいないと聞いていたが」

馬上の族長が驚いたように目を見開く。

するとシリウスがくすっと笑って、カタリナの肩に手を置き下がらせた。

「面白いだろう。フレイドにも、こんなじゃじゃ馬令嬢がいるんだ」

「む……」

じゃじゃ馬なのは自覚しているが、恋する相手に『面白い』だなんて言われたくない。

思わずふくれっ面になったところで、族長がクスッと笑って馬から降りる。

「シリウス王子、失礼した。俺はラヨシュ・ヴィタ・スカー。スカーの族長だ。お目にかかれて光栄だ」

族長ラヨシュはかなりの長身だった。シリウスも男性の中では圧倒的に背が高いほうだが、ラヨシュはもっと大きい。口調は穏やかで落ち着いているが、体は分厚く威圧感がある。

（部屋に入るときに頭をぶつけるレベルじゃない……？）

そんなことを思いつつ、ラヨシュを見つめていると、彼はなんだか面白いものを見るような目で、カタリナにちらりと目をやる。

「さて、話とは降伏の申し出か？　その娘を俺にくれるなら、呑んでやってもいいぞ」

「えっ！」

「駄目だ」

カタリナがぎょっとするのと、シリウスの却下する声が同時に響く。

冗談とわかっていたが、さすがに心臓が縮み上がった。

「俺は降伏をしにきたわけじゃない。和平を申し込みたい」

シリウスはそう言って、両手を腰の後ろで組み敵意のないことを改めて示す。

「和平？　数百年間、ずっと争い続けていた我らがか？」

ラヨシュが低い声でクスクスと笑いながら体の前で腕を組む。挑戦的な眼差しだ。

「族長、やっぱりこいつ殺しましょう！　適当なこと言ってやがる！」

血気盛んらしい少年が、背後からまた弓を引き絞った。だが矢を向けられたシリウスはきっぱりと言い切った。

「俺は本気だ」

そして堂々と、ラヨシュの元へひとりで歩んでいく。

「我らのいさかいは、確かに長きにわたって続いてきたものだ。祖父、曾祖父《そうそふ》、そのずっと前から、血で血を洗う戦いを繰り広げてきた。だがそれは今後、この先の未来でも繰り返さなければならないものなのか？」

シリウスのよく通る涼やかな声が、暗闇の中で不思議と明るく響き渡る。

「小さいころから、俺はこの戦いがずっと不思議だった。だから歴史書を紐とき地図を調べた。そして知ったんだ。もともとフレイド建国時に定めた国境は、放牧で旅を続けるスカー族からしたら先祖代々住む土地だった。侵略していたのは我らだと……！」

その瞬間、あたりが水をうったように静かになる。

スカー族もシリウスの兵たちも、全員だ。

「勿論、スカー族に対して、俺個人もなにも思わないわけではない。ここにいる俺の兵たちにだって、身内を失ったものもいるし、俺の母方の一族はほとんどスカー族に殺された。母の兄も、妹もだ！　ただひとり生き残った母は死の間際まで、それを悲しんでいた。だが彼女は復讐を望んだりはしなかった。俺に剣を取ってスカー族を滅ぼせとは言わなかった！」

シリウスの告白に、カタリナの唇が、わななく。

（そんな話、初めて聞いた……）

シリウスの母君はいつも物静かで、離宮で大暴れしているカタリナや幼馴染たちを見て、嬉しそうに微笑んでいる人だった。

辺境の小さな部族のお姫様だったというシリウスの母には、凄惨な過去があったのだ。

表情を強張らせるカタリナを見て、シリウスは少しだけ表情を緩める。

「母はずっと願っていただけなんだ。平和な世を、誰も暴力で命を散らさないでよくなる日が来ることを」

「うん……」

「だから……俺はフレイドの王子としてそんな未来を築く。たとえ十年、二十年かかっても……たとえ俺の代で成しえなかったとしても、俺の子孫にそう語り継ぐ！　ここにいる俺の兵にもだ！　過去を許し、未来のために、己の子に剣を持たせなくてもよくなる世界を作ると、約束する！　だからスカー族の族長よ、あなたも俺と一緒に努力をしてくれないか！」

シリウスの空の色の目が、煌々《こうこう》と燃えていた。

まるで夜空に輝く一番明るい星のように。

彼は本当に努力の人だ。

たとえ自分が報われなくても、よりよい未来のために努力を惜しまない。

そういう人なのだ。

（シリウス……シリウス……！）

カタリナの目にじわりと涙が浮かんだ。鼻の奥がつんと痛くなって、涙をこらえるために必死で瞬きを繰り返し、奥歯をぎゅうぎゅうとかみしめた。

やはりこの人こそ、フレイドの王になるべき人だ。自分が仕えるべきただひとりの王だ。

彼を愛した自分が誇らしい。

カタリナは必死で涙をこらえつつ、シリウスを見つめる。

「――いやはや、驚いた。王子は俺に努力せよと言われる」

シリウスの演説を聞いたラヨシュは、クックッと肩を揺らして笑いながら、組んでいた腕を降ろしてシリウスに歩み寄る。

「だが、そうだな。上に立つものが努力せねば、世は変わるまい……」

「では……」

「ああ、お前の話を聞くとしよう。我らを蛮族扱いせず、建国前の地図まで調べたというフレイド王家の人間は、初めてだからな」

ラヨシュはそういって右手を差し出す。

「ありがとう。感謝する、ラヨシュ殿」

そう言って今度はシリウスが右手を差し出した。

長年争ってきたふたつの民族が今歩み寄ろうとしている。これは歴史的な瞬間ではないだろうか。

カタリナは胸に込み上げてくる感動を必死で呑み込みながら、熱い眼差しでシリウスを見つめたのだが――彼の頭上、はるか遠くできらりと何かが光ったのに気がついた。

（あれは……）

全身が、ゾクッと震えた。

カタリナの『野生の勘』が危険を知らせる。

それが何かを理解するよりも早く、

「シリウス！」

カタリナは叫んでいた。シリウスがハッとしたように空を見上げる。だが彼が動くよりも早く、一本の矢がシリウスの胸めがけて放たれていた。

（だめ!!）

カタリナは声にならない悲鳴をあげながら、無我夢中でふたりの間に割って入り、シリウスを力任せに突き飛ばしていた。同時にヒュウッと宙を切って飛んできた矢が、カタリナの胸にかなり強い衝撃とともに、突き刺さる。

「あ……っ」

カタリナの息が止まった。視線を下ろすと、矢が胸の真ん中に突き刺さっている。

目の前が真っ白になって全身から血の気が引いた。

（う、そ……）

頭の先からつま先まで、痺れたように動けなくなった。カタリナはずるずると、膝から倒れるように崩れ落ち、そのままあおむけに倒れこんでしまった。

今まで聞いたことのないような、悲痛な叫び声が聞こえた。突き飛ばされたシリウスが倒れたカタリナに飛びついて、カタリナの体を抱き起こす。

「カタリナーッ！」

「カタリナ、俺の声が聞こえるか！」

「あ……」

射られた衝撃なのか、頭の中でキーンと不快な耳鳴りがして、周囲の声がよく聞こえない。

だがラヨシュが血相を変えて、「誰の仕業だ！」と叫んでいるのは、なんとなくわかった。

（となると……今のはロアン公の兵だったのかな……）

だがカタリナはシリウスを守った。

彼には傷一つついていない。

(ふん、やってやったわよ……ざまぁみろだわ、ロアン公……!)

カタリナはシリウスを見上げて、ふにゃっと力なく微笑んだ。

矢の当たり所からして、自分はまもなく死ぬだろう。

だが死はちっとも怖くなかった。

愛するシリウスを守れて、彼の腕の中で息を引き取れるなら、騎士として悪くない最後のはずだ。

「カタリナ! カタリナッ! 嘘だ、嘘だろ、ああ、頼む、駄目だ、お前まで俺を置いていくな!」

だがその微笑みを見たシリウスは、何度も首を振る。

突然美しいアイスブルーの瞳から涙があふれて、ぽたぽたとカタリナの頬に落ちた。

それまで堂々とスカー族の族長相手に弁舌を繰り広げていたはずのシリウスが、顔をくしゃくしゃにして泣いている。

(大人になったシリウスが泣いてるの……見るの、あの夜以来だ……)

父王が亡くなった日も、彼は泣いていた。

そうだった、彼は泣き虫なのだ。それを必死に隠して、王子として立派にここまでやってきたのだ。

カッコよくて強いシリウスも好きだが、こういう弱い面も、愛おしい。

ああ、本当に、自分はシリウスを心から愛しているのだ。

(守れてよかった……)

ただひとつ後悔があるとすれば、ずっと一緒にいると誓った約束を破ってしまうことだろう。

「……シリウス、ごめんね」

自然とカタリナの唇がほころぶ。

そしてゆっくりと目を閉じる。

「──カタリナ！」

頭上でシリウスの悲痛な声が響いたが──。

なぜだろう、いくら待っても意識がある。それどころか一度は近づいたはずの死が遠ざかっていく気がした。

(あれ……？　息が吸えるんですけど……？)

矢を胸に受けたときは、その衝撃から致命傷だと感じたはずだが、どうにもおかしい。

止まりかけた呼吸が次第にできるようになっている。

カタリナはゆっくりと右手を動かし、マントの中に手を入れて、チュニックの前を無言でくつろげた。

指で矢じりの先がどこに刺さっているのか確かめて、息を呑む。

「うそ……待って……」

カタリナはパチリを目を開けると、

「カタリナ、しゃべるな、しゃべらないでくれ！」

シリウスが涙ながらに首を振った。

「……違うの……」

カタリナはゆっくりと全身に力を込めて、自分で体を起こす。

「カタリナ……？」

シリウスが驚きつつも、おそるおそるといったふうにカタリナの頬に手をやる。

「私、生きてる……生きてるわ。どうして……」

カタリナは大きく深呼吸して、マントを脱ぎ、チュニックの胸元の紐をほどく。と同時に、カタリナの胸にささっていたはずの矢が、一緒にポロリと地面に落ちた。

「まさか……」

心臓がドッドッ、と鼓動を刻んでいる。

おそるおそる、胸元のフロシキを外して中を広げると卵が現れた。

だが矢があたったところには大きくヒビが入っていて、虹色に輝いていたはずのその卵は、見る見るうちに輝きを失っていくではないか。

それを見て全身から血の気が引いた。

「うそ……あっ……！　どうしよう……ぴぃちゃん……ぴぃちゃん……！」

カタリナは悲鳴をあげた。

「待って、そんな……ああっ、どうして……！」

シリウスの前に飛び出した時、まさかこんなことになるとは思いもしなかった。

カタリナはブルブルと首を振り、震える手で卵をさすりながら、思いつく限りの祈りの言葉を繰り返す。

「お願い、お願いします、神様……代わりに私の命をあげるから……！」

この八か月、ひと時も離れずにそばにいた。いつ生まれるのだろうと誕生の日を楽しみに待っていた。

愛するシリウスとの間にできた子を失うなんて、とても耐えられない。

この子が助かるなら、自分の命を差し出したって惜しくなかった。

「ぴぃちゃん、頑張って……お願いだから、死なないで……！」

だがカタリナの必死の願いもむなしく、卵はカタリナの手の中で完全に光を失って――。

「うそ……でしょ……」

カタリナは唇を震わせて、卵を見つめた。

命の終わりを感じとったカタリナの瞳から、ぼろぼろと大粒の涙が零れ落ちる。

全身を途方もない絶望感が包み込む。

「あぁ……わっ、わたし、なんてことを……ごめん、ごめんなさい、あ、ううっ……あっ……あぁ……」

カタリナは静まり返った卵を胸に抱き寄せ、ぐにゃりと頭を垂れた。

泣いている場合ではないと思うのに、涙が止まらない。体に力が入らなかった。

「カタリナ……」

呆然としていたシリウスは、泣き崩れるカタリナの体を支えるように抱き寄せる。

「待ってくれ、カタリナ……その、卵は……実は……」


ぴぃ。


カタリナの腕の中で、小さな声が響く。同時にもごもごと腕の中でなにかが動く気配がした。

妙に力強く、くすぐったい。

「……え？」

おそるおそる腕をほどくと、抱いた卵がピキピキと音を立ててひび割れていき——。

ぴぎゃああ————！

卵がいきなり真っ二つに割れて、中から絶叫と共に黒い塊が飛び出してきた。

「きゃあああ！」

カタリナは絶叫しシリウスに飛びつく。

だがシリウスは切れ長の目を大きく見開いて、歓喜の表情で叫んでいた。

「見ろ、生まれた……！　フレイドに新しい竜が、誕生したぞ！」

「えっ⁉」

シリウスの首にしがみついたまま、カタリナはこわごわと宙を見上げた。

黒い鱗《うろこ》に覆われた体、細く鋭い爪と牙。体は生まれたての子犬くらいの大きさだが、どこからどう見ても絵本や物語で見た竜、そのものだ。

「りゅう……？」

涙で顔をぐちゃぐちゃにしたカタリナは、シリウスに抱き着いたまま空を見上げた。

「え、ぴぃちゃん……よね？」

だが竜は、それだけにとどまらなかった。

大きく羽根を広げて、何度かバサバサとカタリナの頭上をぐるっと回って飛んだかと思ったら、いきなり高く飛び上がり、ゴォォォォォと、草原を吹き抜ける風のような大きな音を立てながら、息を吸い始める。

するとどうだろう、竜は息を吸い込むたび、体がぐんぐんと大きくなっていく。

しかもパンパンに膨らんだその腹のあたりから、赤い火の玉が透けて見えるではないか。

あっという間に、生まれたての子犬が、牛ほどの大きさにまで変化してしまった。

「え？」

いったいこれはどういうことだ。

自分の見たものが信じられないカタリナが瞬きをした次の瞬間、
ゴオオオオオオ――――！

竜の口からすさまじい炎が吐き出され、周囲が炎に包まれる。

おそらく頭上の森の中に身を潜めていたロアン公の私兵たちが、一気に森ごと焼き払われていく。

圧巻だった。それはもはや魔法の域だ。

誰もが息を呑み、まるで活火山のように炎を吐き続けている竜を凝視している。

だがその沈黙を破ったのはシリウスだった。剣を宙に振り上げて声を上げた。

「見よ！　我らには竜の加護がある！　正当なる王に弓引く、ロアン公の兵を捉えよ！」

シリウスの指示で突然の竜の出現に茫然としていた兵士たちが、ハッとしたように我に返る。

「そうだ！　シリウス王子には竜の加護がある！」

「正義は我らにあり！」

また、それを見たラヨシュも、

「お前たち、援護しろ！」

と指示し、スカー族も走り出していった。

それまでの空気が変わり、一気に自軍に勢いがつく。押されていたはずが一気に形勢逆転だ。

(助かった……の?)

カタリナは茫然としつつ空を見上げて、

「ぴっ、ぴぃちゃん……!」

おそるおそる呼びかけた。

ピギャッ!

あらかた周囲を炎で薙ぎ払った竜は、カタリナの呼びかけに応えるようにいななき、そのままカタリナの腕の中に飛び込んできた。

「あれ、また小さくなった……?」

火を噴いているときは牛ほどの大きさだったのに、今は卵から飛び出した時同様、両手の平で支えられる大きさに戻っている。

しかももちもちでぷにぷにしている。

大きくなっていたときは凛々しかったのに、すっかり子供に戻った感がある。

いったいどういうことだろうと首をひねっていると、シリウスが、笑みを浮かべて竜の首を指先でくすぐった。

「――驚いたな」

竜もまたそれが気持ちいいらしく、首を伸ばして目を閉じていた。

抱っこしていると、ゴロンゴロンと雷のような音が伝わってくるが、これは猫が喉を鳴らしているようなものなのだろうか。

「シリウス、どういうこと……？」

「あくまで文献で読んだ知識だが、竜は空気中の魔力を糧にして体の大きさを変えることができるらしい。だが一時的なものだ。おそらくお前の危機を察知して、一時的に巨大化したんじゃないだろうか」

「そう……だったのね。ぴぃちゃん、守ってくれてありがとう……」

自分の体の大きさを変えられるなんて、やはり竜はすごい。神秘の生物だ。

「最初は小さな卵だったのに……不思議ね。でも……」

カタリナはシリウスに助けてもらいながら立ち上がり、腕の中の竜を見下ろす。

「どこからどう見ても、やっぱり竜よね……？」

いつ人間の赤ちゃんに戻るのだろうか。

本当に、なにがなんだかわからない。

腕の中の竜とシリウスを見比べると、シリウスは少しだけ笑って、それから申し訳なさそうに目を伏せる。

「今まで黙っていてすまない。それはカタリナが産んだんじゃない。正真正銘、竜の卵だったんだ」

「えっ……えっ……ええっ!?」

驚愕《きょうがく》するカタリナをよそに、腕の中のぴぃちゃんが、頭を持ち上げ、ぴぎゃ！　と吠《ほ》えて小さな炎を吐いた。

それから——シリウスはスカー族とともに協力して、ロアン公が差し向けた隊を捕縛した。

「俺たちがここで時間稼ぎをしていたのは、王子の叔父上からの指示だ」

ラヨシュはそう言って、ロアン公の紋章とサインが記された証文を差し出してくれた。

これは明らかに国に対する反逆の証拠になる。

シリウスはおそるおそるそれを受け取り、何度も証文とラヨシュを見比べた。

「俺をここに足止めし、叔父上が援軍というていで刺客を差し向ける……そういうことだったんだな」

「ああ、そうだ」

ラヨシュはうなずき、赤い目を細めた。

「長くやりあっていた相手に『金を払うから王子殺害に協力しろ』と提案してくるのはなかなか斬新だと思ったが、実際は族長になったばかりの俺を、若いからと舐めてかかっていたんだろう。成功した暁に報酬を払うと言っていたが、信じちゃいなかったし、おそらく俺たちも攻撃してくるつもりだったんじゃないか？　俺はそれにのっかったふりをして、様子を見ていた。それだけさ」

「――感謝する。近いうちに……妻と一緒にそちらに伺おう」

そしてシリウスは、隣に立っていたカタリナの肩を抱き寄せた。

「欲しいと言ったのがそんなに気に食わなかったのか」

ラヨシュが面白いものを見たと言わんばかりに肩を揺らして笑う。

「カタリナがいい女だから欲しくなるのはわかるが、十年以上前から俺のものだ。誰にも渡さない」

「しっ、シリウスッ……！」

独占欲をあらわにされて、カタリナの顔が真っ赤に染まっていく。スカー族の族長は優しげに微笑む。

「妻を大事にする男は信用できる」

そしてラヨシュは一族を率いて、文字通り風のように立ち去ってしまった。

「……よかった」

カタリナがぽつりとつぶやくと、肩を抱いていたシリウスがそのまま正面から抱き寄せる。

「ひゃっ……」

ぴぃちゃんごと抱きしめられてびっくりしたが、腕の中の黒竜はすやすやと眠っていてぴくりとも動かない。

「お前の姿を見たとき、心臓が止まるかと思ったんだぞ」

「──ごめんね」

シリウスに謝罪の言葉を告げると、彼はハァ、と大きく息を吐いて腕に力を込めた。

「本当にわかっているのか？」

「わかってるわよ」

「帰ったらお仕置きだからな……」

二度目のお仕置き宣言からして、彼の怒りがヒシヒシと伝わってくる。

「お手柔らかにしてほしいんだけど」

「どうだろうな。俺はすごく怒っているんだ」

「──挟んであげるから」

相変わらず何を挟むかはわからないが、シリウスがこだわっていたのはわかっていたので、そう口にする。

「……」

「シリウス？」

「許す……」

耳元で少しだけ拗ねた声がした。

カタリナがクスクスと笑うと、「笑うな」とシリウスがささやく。

それでも彼の腕はしっかりとカタリナを抱きしめたままで、しばらく解かれることはなかったのだった。

エピローグ

王都ナパールの空は青く澄んでいた。だがそれに反してカタリナは疲労困憊だ。

「疲れた……」

ベッドにうつぶせに横たわると同時に、背後からシリウスがのしかかってくる。

「――だな」

「シリウスもお疲れ様……」

寝返りをうちシリウスを正面から抱きしめると、シリウスはどこかホッとしたように力を抜いてカタリナに体を預け、甘えたように顔をすりすりと押し付けてきた。

(私以上に、シリウスのほうが疲れてるよね……)

彼の艶やかな黒髪を撫でながら、カタリナは深くため息をつく。

国境沿いでの争いが終わってからかれこれ半年がたち、シリウスの環境は激変した。

族長から譲り受けた証文をもとに、ロアン公の私兵の調査や暗殺計画の実証、さらに長い間ロアン公に忖度《そんたく》していた貴族たちの証言など、ありとあらゆる証拠をそろえたうえで、ネイトがロアン公を糾弾し、彼は完全に失脚。身分剥奪《はくだつ》の上に領地没収、処刑は免れたが人も寄り付かない地方の小さな荘園に蟄居《ちっきょ》と決まった。

それが今日のことだ。

「シリウス、大丈夫？」

「――ああ。叔父上は功を焦りすぎた」

あれほど慎重だったロアン公が、今回に限って直接シリウスの命を狙ってきたのには訳があった。

実はシリウスはそうと気づかずに、国民からの信頼を積み上げていたのだ。

それもそうだろう。毎日の暮らしに心を砕き、どんな辺境の地でも先頭に立って魔獣を退治してくれる王子を、市井の人々が好ましく思うのは当然だ。

『王子はいつ我らの王になってくれるのだ』という声は、確実に高まっていた。

今まで貴族だけに手を回せばいいと思っていたロアン公は、そんな国民の大きな声に焦ってしまったのだ。そして破滅してしまった。

だが哀れとは思わない。命があるだけ感謝してほしいくらいだ。

(なにはともあれ、シリウスの即位が決まって本当によかった)

シリウスは次の満月の夜に、ようやくフレイドの王になる。

シリウスを王にと周囲が後押ししたのは、なにより百年以上ぶりの竜の出現だ。

王子の危機に駆け付けた辺境伯令嬢と、彼女と王子を守った竜の奇跡に国民は熱狂し、それまで好意的ではなかった貴族たちも、シリウスを認めざるを得なかったのだ。

ちなみに竜とカタリナの話を国民に先に広めたのは、ネイトだ。

作家に依頼して、物語風に新聞を作り、挿絵をつけて王都にばらまいたんだとか。

「人は王子と姫君の恋愛物語が大好きですからね。この際カタリナがじゃじゃ馬令嬢なのは目をつぶりました。だいぶ脚色済みなので、王妃になってもボロが出ないように多少はおしとやかにしてくださいね」

と失礼なことをのたまっていた。

とはいえ、その効果は絶大で、今では王子と辺境伯令嬢、そして令嬢が育てた竜の物語を知らない者はいない。芝居まで作られて、大人気の演目になっていると聞いた時は、ひっくり返りそうになった。

なんでも舞台のカタリナは相当なじゃじゃ馬姫らしい。ネイトと舞台を観劇したルシアは『シリウス王子よりも勇ましいカタリナ姫を好きになっちゃいそうでしたわ』と楽しそうに笑っていた。

(まぁ、じゃじゃ馬なのは事実だしね)

カタリナは自分が深窓の令嬢ではないことを知っているし、そういう自分が好きだし気に入っている。シリウスの配偶者として、彼が恥ずかしくないように振舞うつもりだが、自分を偽ってまでよく見せようとは思っていない。そんなことをしたってすぐにボロが出るに決まっているのだ。

(無理はしないわ……。私は私らしく頑張ろう)

カタリナはシリウスの形のいい後頭部を優しく撫でながら、天井を見上げた。

「それにしても即位と結婚式を同時にするって、いくらなんでも詰め込み過ぎじゃない?」

「俺としては先に結婚式をしたかったんだ」

カタリナの胸に顔をうずめたまま、シリウスがうめき声をあげる。

「でも先に、ルシアを見送らなくちゃいけないでしょう?」

「ああ……そうだな」

シリウスは感慨深そうに首肯した。

そう、ルシアは三日後、帝国へと旅立つ。

彼女はシリウスの形ばかりの婚約者という立場を捨てて、ひとりの女性として帝国へ向かうのだ。

「竜に愛されし乙女こそが、フレイドの王妃にふさわしい」というルシアの言葉を否定する者はいなかった。

さらになんと彼女はフィルの実家である公爵家の養女になってしまった。

実はフィルの祖母はかつて帝国含め大陸中で名を轟《とどろ》かせた歌姫で、今でも帝国に熱烈な信奉者を抱えており、彼女には広いコネクションがあったらしい。その縁で帝国に入国できることになったのである。

もちろん聖教会はごねたが、シリウスは『聖女にも学びの場が必要だろう』とそれを一蹴した。

『我が親友、フレイドでもっとも智《ち》に長《た》けたネイトを供につけよう。聖女の御身は安全だ。安心してほしい』

と微笑むことも忘れなかった。

ネイトは知識に対して貪欲な男だが、責任感も強い。彼ならきっと帝国でルシアを守ってくれるはずだ。まだまだ聖女で荒稼ぎをするつもりだった聖教会は当然悔しがったが、今のシリウスに逆らえるはずがない。

聖教会は聖女が『永遠の休暇』で二度と戻らないことを知らないまま、彼女の帰還を待ち続けるのだろう。

（とにかくまぁ、いろいろあったけど、すべて丸く収まったわ）

カタリナが愛しいシリウスを抱いたままホッとしていると、

「――カタリナ」

腕の中のシリウスが名を呼んだ。

「なあに？」

「勃ってきた」

「えっ……！」

直接的なシリウスの発言に、カタリナはベッドの上で体を強張らせる。

実は、この忙しい日々の中まったくふたりで過ごせていない。とにかくシリウスが忙しすぎるのもあるし、カタリナだって王妃教育が始まっている。当然そういうことも久しくしていなかった。

「えっと……」

身じろぎすると、シリウスがちらりと顔を上げて、カタリナを熱っぽく見つめる。

「したい……お前を抱きたい」

そしてガバッと上半身を起こした彼は、伸びあがるようにカタリナの額に唇を寄せるとささやく。

「カタリナ……お前を愛したい……」

「あ……」

シリウスの澄んだ目が近づいてくる。勿論カタリナだって拒む理由はない。

（シリウス、大好きよ……）

ふたりの吐息が触れ合い、唇が重なるその直前――。

ガシャン！

と大きな音がした。

「ひゃっ……！」

「なにっ？」

慌てたシリウスがベッドから飛び降りて腰の剣の柄に手をかける。次の瞬間、窓がバリン、と大きな音を立てて割れて、外から黒い塊が飛び込んできた。

ぴぎゃあああ‼

「ぴっ、ぴぃちゃんっ？」

カタリナの呼びかけに、黒い鱗に覆われた『ぴぃちゃん』が、いななきながら狩ったばかりのイノシシを放り投げ、そして褒めてくれと言わんばかりに尻尾をビタンビタン！　と床に叩きつけ始めた。

黒竜は今は大型犬ほどの大きさになっている。部屋がミシミシと音を立てて、家財道具がゆらゆらと揺れた。

「あ……ありがとう、獲物を取ってきてくれたのね～……でもビタンビタンするのはやめてね～床が壊れちゃう……」

キュルルル……。

機嫌よく鳴き声をあげた黒竜は、そのままベッドの上に飛び乗って、シリウスとカタリナの間で丸くなり眠ってしまった。

こうなると甘い雰囲気は霧のように散って消えてしまう。

ふたりは視線を合わせて、クスッと笑った。

「ねぇシリウス。私って竜騎士の資格があったりするの？」

「いや……多分、これはお前を母親だと思っているんだろう。多分……だが」

シリウスは苦笑して、諦めたようにカタリナの肩を抱き寄せてふたりの間で眠る竜を見下ろした。

そう、あれからぴぃちゃんはスクスクと大きく育っている。

だがその中身はかなりの甘えん坊で、カタリナとシリウスにべったりの状態だ。

たまに窓を割って部屋に飛び込んできたりもするが、それはご愛敬《あいきょう》である。近いうちに帝国から竜の育て方に詳しい人間を派遣してもらうことになっていた。

帝国にとっても子竜の存在は珍しいらしく、協力的らしい。

「——それにしても、私が産んだんじゃないだなんて……ちょっと残念だわ」

すやすやと眠るぴぃちゃんの、黒い鱗の縁を撫でながら、カタリナはぽつりとつぶやく。

卵を発見したあの朝——。

前日にカタリナは森に狩りに行ったのだが、その時に本当にたまたま、カタリナが着ていたマントのフードに竜の卵がころげ落ち、気づかないまま持って帰ってしまったのではないか、というのがネイトの推理だった。

確かに士官学校がある『神秘の森』は、かつて竜騎士フレイドが生誕し竜と共に育った土地だと言われている。竜と深い繋がりがある土地なのだろう。

そんな土地でたまたま卵を得たカタリナが、自分が産んだと勘違いしてしまったのだ。

ただそう思い込んだのはカタリナだけで、シリウスを筆頭に幼馴染たちは微塵もそれを信じていなかったんだとか。

「――黙っていてすまなかった。叔父上に、どうしてもこちらに竜の卵があると知られるわけにはいかなかったんだ」

フレイドにとって竜はなによりも王の証となる。シリウスの言うとおり、ロアン公に知られれば竜の卵をめぐって今以上に血で血を洗う争いが起こっていただろう。

「ううん、私の早とちりだもん。なによりシリウスだって卵から生まれてないのにね」

おそらく自分は無意識の中で、シリウスとの間に目に見える絆《きずな》が欲しかったのだ。

だから短絡的に子供ができたと思い込んでしまった。

残念ではあるがシリウスを責める理由にはならない。

カタリナはぴぃぴぃと鼻を鳴らしながら眠る竜の首を撫でながら、目を細める。

「俺とお前の間に子ができれば、竜騎士になるかもしれない」

「そうね。そうしたら家族三人でこの子の背中に乗せてもらえるかしら?」

カタリナはシリウスの腕の中に抱き寄せられ、そのまま目を閉じる。

きっと今から見る夢は幸せな夢だ。
竜の背に乗って大空を舞う。それはどんなに素敵なことだろう。

番外編

してあげたいとか、
愛だとか

シリウスが羽織った長い引き裾のマントの背中には、フレイド王家を表す竜の紋章の刺繍が施されている。

王の間から寝室への長い廊下を歩く中、カタリナは込み上げてくる涙をこらえるのに必死だった。

彼の広い背中を見ていると、これまでシリウスが辿って来た苦難の道を思い返さずにはいられない。

「おやすみなさいませ、国王陛下。王妃殿下」

侍女たちがシリウスとカタリナの衣装をそれぞれにほどき、顔や体を丁寧にお湯で拭いて静かに立ち去った。


寝巻姿になったふたりは、王の寝所でふたたび向かい合った。

「お疲れ様、シリウス」

「――ありがとう、カタリナ。わが妻よ」

シリウスが冗談めかしてフフッと笑い、そのままカタリナを正面から抱き寄せる。

カタリナも体から力を抜いてシリウスのたくましい胸に顔をうずめる。彼の香りからふわりと甘い香油の匂いが漂っている。

「いい匂い」

「お前もだ、カタリナ」

シリウスがカタリナの首元に顔をうずめてささやくと、吐息が首筋にふれて、そこからぬくもりが広がっていくようだった。

今日、戴冠と婚礼の儀式を終えたシリウスはフレイドの十六代目の王になった。シリウスは殿下ではなく陛下と呼ばれるし、カタリナはなんとフレイド王妃だ。

（まだ王妃様って実感がわかないけど……）

頑固一徹な父や協調性のない三人の兄たちは、贅《ぜい》を尽くした婚礼衣装を着たカタリナを見て何度も涙をぬぐっていた。幼馴染たちの目も潤んでいたような気がするが、帝国から一時帰国しているネイトあたりは指摘すると怒りそうなので、それは黙っておいた。

（天国のお母さまも……喜んでくださっているかしら）

カタリナには母の記憶がまったくないが、そうだったらいいなと心から思う。

そしてこれからはシリウスとふたりでたくさん家族を作るのだ。

「ようやく、終わったな」

「うん」

カタリナはシリウスの言葉にうなずいて、ここ何日かの狂乱じみた忙しさを思い出す。

（いや、それにしてもほんと長かった……死ぬかと思った……）

戴冠の儀式は一日で終わったが、結婚式後の国民へのお披露日《ひろめ》パレードやお祭りは三日三晩続き、時計の針が深夜を回ってようやく城に戻ることができたのだ。

だが耳を澄ませば相変わらず城の外からは花火の音が聞こえるし、王都には多くの国民が集まって、お祭り騒ぎだ。

ネイトがいうにはこの騒ぎは数日続くだろうということだった。

「ね、シリウス、疲れたでしょう？　今日はもう休みましょう」

カタリナは顔をあげて、シリウスを見上げる。

ついさきほどまで、彼の頭上には王冠が飾られ、その右手には君主の証である笏《しゃく》が握られていた。

どちらも儀式用なので終わってしまえばまた宝物庫に仕舞われるのだが、誰よりもその姿を近くで見たカタリナは、愛するシリウスが王になり多くの国民に祝福されたこの日を一生忘れないだろう。

始終威厳を保ち、人前では全く疲れたそぶりを見せなかったシリウスだが、疲労困憊に決まっている。すぐにでも休ませてあげたかった。

だがシリウスはそんなカタリナの提案を聞いて、

「――いや、寝ないが？」

とはっきりと答える。

ふたりの間に微妙な間ができて、カタリナは新緑を映し取ったような瞳をぱちくりさせた。

「疲れてないの？」

「疲れている」

「じゃあ」

「今日は俺たちの初夜なんだぞ！」

クワッと目を見開いたシリウスの迫力に、カタリナはぽかんと口を開けてしまった。

「えっ、あ……もしかしてそのつもり、だったの？」

正直言って、シリウスとはもう何度も体を重ねている。

確かにここ最近はお互い忙しくてそれどころではなかったが、今更初夜もあるまいとカタリナは思っていたのだ。

「～～ッ！」

まったくその気がなかったカタリナの反応を見て、シリウスの端整な顔がみるみるうちに赤く染まっていく。

「……そ、そうか。その気だったのは俺だけだったんだな……」

恥ずかしそうにうつむく夫の顔を見て、カタリナは驚いた。

手の甲で口元を隠すシリウスに慌てて手を伸ばし、頬を両手で包み込む。

「シリウス、待って。気づかなくてごめんなさい。私あなたがヘトヘトだと思って」

「いや、俺こそ……カタリナが疲れているのに、わがままを言ってすまなかった。たしかに今日はもう寝たほうがいい、うんそうしよう！」

早口の大きな声でそういうと、彼は何事もなかったかのように微笑み、カタリナの額にチュッとキスをして、大きな寝台の上にふたりで横になった。

「――おやすみ、カタリナ」

「おやすみなさい、シリウス……」

シリウスはカタリナを腕の中に抱いて、目を閉じてしまった。それからしばらくして、頭上からすうすうと規則正しい呼吸音が聞こえる。

(寝ちゃった……)

やはり疲れていたのだろう。

シリウスの脇の下あたりに頭を乗せていたカタリナは、シリウスの穏やかな寝息を確認すると、ホッとして目を閉じる。

(ぴぃちゃん、いい子にしてるかな)

つい先日、帝国からやってきた老竜騎士を教師として迎え、竜の飼育方法をフレイド騎兵団が一丸となって学び始めた。

なにしろ百年ぶりの新しい竜だ。フレイド騎兵団の面々も日々の学びが楽しくて仕方ないらしい。時にはシリウスやカタリナも教室に混じって、講義を受けている。

今はまだ一頭で子供だが、いずれかつての竜騎士団を復活させることができるかもしれない。

(私とシリウスの子が、もしかしたら竜騎士になるかも……)

カタリナは微笑みを浮かべながら寝返りを打つと、夫になったシリウスのぬくもりがカタリナを包み込む。

(それにしても、シリウスの体、あったかいな……)

体が大きいせいだろうか、シリウスの体はいつもポカポカとあたたかいのだ。

これから王都にも冬が訪れるが、こうやってくっついて眠れたら寒くもないなと、そんなことをのんびり考えているうちに、カタリナはストン、と意識を失っていて——。


「……は、あっ……はぁっ……んっ……」

地震だろうか。寝ているのに体が揺れている気がする。とはいえ大きなものではなく、意識を集中させなければわからないくらいの振動なのだが、確かにカタリナの体は揺れている。

(このくらいなら、まぁ起きなくてもいいかな……)

そうやってまた意識を深いところに落としかけていたところで、

「カタ、リナッ……」

とても小さな声で、名前を呼ぶ声が聞こえた。

(だれ……?)

呼ばれればやはり気になってしまう。

カタリナはなんとか意識を引っ張り上げて、まぶたを持ち上げる。

どうやら寝付いてからそう時間が経っていなかったらしい。寝室は完全な暗闇ではなく、オイルランプがほのかにあたりを照らしている。

「はっ……ん、クッ……あっ」

押し殺したような男の声がすぐ近くから聞こえて来て、ようやくカタリナは完全に覚醒し、ぱちりと目を覚ました。

声の主は隣で眠っているはずのシリウスだ。

(うなされている……?)

やはりここ最近の激務で、彼は心底疲れていたのだ。

——結婚式の夜に悪夢を見るなんて、かわいそうに。

カタリナはガバッと上半身を起こすと、カタリナに背を向けるようにして眠っていたシリウスの肩をつかんで、強く揺さぶりながら体を仰向けに倒していた。

「シリウス、起きて、大丈夫⁉」

「うえっ、ああっ⁉」

よほど気を抜いていたのだろう。

カタリナの手によって仰向けにされたシリウスは、ポカンとしたままこちらを見上げていた。

澄んだ空のような青い目がカタリナを見て大きく見開かれる。

「シリウス、あなたすごくうなされて……あ」

「あっ……‼」

シリウスは跳ねるように飛び起きて、光の速さで降ろしていたズボンを引き上げた。

今更隠されてももう遅い。カタリナは見てはいけないものを見てしまった。

（まぁ……なんということでしょう……）

思わず真顔になって、ごくりと息をのむ。

そう、シリウスは、寝巻のズボンを半分だけ引き下ろし、ガチガチに勃ちあがった性器を右手で握りしめていたのである。

うなされていたわけでもなんでもなく、カタリナに背を向けて、自慰に励んでいただけだったのだ。

「カッ……カタリナッ……ちが、これは、あのっ……」

青くなったり赤くなったりしながら、シリウスはそのままだんだん背中を丸めて、シーツの上で叱られた子供のように膝を抱えてしまった。

目の錯覚に違いないのだが、なぜかどよ~んと空気が歪んで見えてくる始末だ。

「死にたい……」

消え入りそうな小さな声でつぶやいたシリウスの一言に、

「ちょっと、怖いこと言わないで!」

慌てて彼の背中に腕を回したが、シリウスは耳まで真っ赤にして長い足の間に頭ごと突っこみ、微動だにしなかった。こちらを見る気配もない。

ここ最近は彼の勇ましく高潔なところばかり見ていたので、カタリナの心臓は縮み上がった。

(そっか……地震だって思ったの、シリウスがその、ひとりでしていたせいなのね……)

だが彼はあえぎながら、『カタリナ』と名前を呼んでいた。

妄想の中でもちゃんと自分を愛してくれているのだと思うと、胸がきゅうっと苦しくなるのと同時に、彼が愛おしくてたまらなくなる。

(これは、妻として……夫を励まさないといけないのでは?)

そもそもシリウスは悪いことをしたわけでもなんでもないのだ。

カタリナは縮こまったシリウスの肩に手を乗せ、もう一方の腕をのばして優しく背中を撫でる。

「ね、シリウス。顔を上げて?」

「――いやだ、今の俺は恥ずかしくて死にそうなんだ……こんなところを見られるなんて……しかも、初めて夫婦になった夜なのに……」

シリウスの声は消え入りそうなくらい小さい。

初夜だからとカタリナを抱く気でいたシリウスは、案外そういったことを気にするたちらしい。なんとかわいらしい人だろう。

(今更気づいたわ……私が大雑把《おおざっぱ》なばっかりに、シリウスのそういう素敵なところを無視するところだったんだ)

人はそう簡単には変われない。

カタリナはたぶんこれからも大雑把で、ぼんやりしていて、シリウスの繊細な心に気が付かないまま、彼を傷つけてしまうことがあるかもしれない。だがそのままでいいと思っているわけではない。

夫婦なのだから、カタリナだって努力してしかるべきなのだ。

(よしっ……!)

カタリナは心の中で勇気を奮い起こすと、

「シリウス、聞いて」

彼の名前を呼びながら、そっとこめかみに口づける。

「私、シリウスが大好きよ。さっきはその……ちょっとびっくりしたけど……恥ずかしがることなないじゃない」

そしてゆっくりと、肩を撫でていた手を彼の胸へと滑らせる。

「私だって、シリウスを気持ちよくしてあげたいって思ってるし……」

カタリナの指先が寝巻の上から、シリウスの乳首を撫でると、彼はビクッと体を揺らして驚いたように顔を上げた。

「カタリナ……」

いつもはキリッとした眉がしゅんと下がっている。

（……かわいいわ）

なぜだろう。大きな体の夫のちょっぴり弱気なところを見て、カタリナは生まれて初めて謎の快感を覚えていた。

かわいがりたいような、いじめてあげたいような、そんな不思議な気持ちだ。心がくすぐったくてソワソワする。

「シリウス……」

カタリナは彼の名を呼び、そして自分からそっと口づける。

柔らかいふたりの唇が重なると、そこから幸せな気持ちが広がっていく気がして、カタリナはたまらない気分になった。

「ね、シリウス。さっきの続きをしましょう。手伝ってあげるから」

「……は？」

カタリナの提案にシリウスが驚いたように、アイスブルーの瞳をぱちぱちと瞬かせる。

「そうだわ。ほら、前言っていたじゃない。挟むとかなんとか。あれをしてあげる」

そう、なんだかんだ言ってまだアレを試していなかった。

シリウスは随分と執着していたように思うので、きっとすごく喜んでくれるだろう。

「さぁ、どうしたらいいか教えて？」

カタリナはにっこり笑って、妙に緊張した様子のシリウスの頬に、キスをしたのだった。


「あ、ああっ、あっ……」

寝台の縁に腰掛けたシリウスが、一糸まとわぬ姿でビクビクと体を震わせている。

「気持ちいい？」

「ん、いいっ……」

カタリナの問いかけにシリウスはコクコクと小さくうなずき、時折たまらないと言わんばかりに体をのけぞらせる。全裸になり、床で膝立ちしたカタリナの豊かな胸の間には、ついさき程まで彼が握りしめた肉杭が挟まれていた。

そう、今の今までなにを挟むのかわからなかった『シリウスのお願い』は、なんとカタリナの胸で性器を挟んでほしいということだった。

おそらく胸の谷間を女の体に見立てているのだろう。

カタリナの胸はかなりボリュームがあるので挟むのは難しくない。あとは自分の両手を使ってシリウスの屹立をぎゅうぎゅうと挟んだり、こすったりするだけでいいと言われて、そうしているのだが——シリウスは最初から信じられないくらい興奮して、何度も腰を浮かせてかけては、必死に快感をこらえているようだった。

(シリウス、すごく気持ちよさそう……)

ちょっとだけ意地悪したくなったカタリナは、軽く目を細めて彼を見上げる。

「シリウスって、こんなことを私にしてほしかったの……?」

するとシリウスが唇をわななかせながら、カタリナを見返してくる。

「あぁ、そうだ、カタリナ……ずっと、こうしてほしいと、思っていた……士官学校にいたときも、俺の頭の中で、何度も、何度も……」

なんと学生時代から考えていたらしい。

清廉潔白が服を着たような顔をしておいて、ずいぶんな告白だ。

だが、彼の切れ長の目はキラキラと情欲に濡れて、とても色っぽい。

頬は薄桃色に染まり、息が上がっている。しかも胸の間に挟まっているシリウスの剛直はどんどんと硬度を増していて、先端から透明な蜜をこぼし、カタリナの胸をしとどに濡らしていく。

ぎゅうぎゅうと左右から揉《も》むように胸を動かすと、シリウスはまたビクビクと太ももを震わせる。

「ああ、カタリナ……ッ……もっと……」

ひとつになったときとはまた違う皮膚の快感に、カタリナもいつもよりかなり大胆になっていた。

「もっと？　シリウスの妄想の中の私は、これからどうするの？」

「──さ、さきっぽを、舐めて……吸ってくれるんだ」

シリウスは目の縁を赤く染めたまま、はぁはぁと興奮で息をあげている。

期待に満ちた目でこちらを見下ろすシリウスは、淫らで美しかった。

「そう……こうやって？」

舌を出して、つん、と先をつつくと、

「ああっ……！」

と、シリウスが仰《の》け反《ぞ》り、また腰をびくつかせた。

少し舌先で突いただけなのにこんなに感じてしまうなんて、なんてかわいいんだろう。

──フレイドの誉れ高き竜の王が、こんなふうにあえぐなんて。

これは自分以外は絶対に知らない顔だと思うと、カタリナは胸がいっぱいになり、そのまま言われた通りに先端に舌を這わせ、ゆっくりと口の中に含んでいく。

血管が浮き上がった逞しい幹はカタリナのもっちりした胸に挟まれ、膨れあがった先端は唇にしごかれながら、また先端から透明な蜜をこぼしていた。

「う、ううっ……あぁ……んっ、ああ……」

シリウスが聞いたことがないような甘い悲鳴を上げ、太腿を震わせている。

とにかくシリウスの男根は太くて大きい。そして長い。

とてもすべてを口の中に収めることなどできない。カタリナは口がそれほど大きいわけでもないので、とりあえず大きく張り出した傘の部分だけを丁寧に舌で愛撫する。

もちろんこんなことをしたのは初めてだし、うまくもないと思う。

だがカタリナは夫になったシリウスを心から愛しているし、気持ちよくなってもらいたいのだ。

(シリウス、大好きよ)

そんな思いを込めて、何度も丁寧に吸い上げていると、

「か、カタリナ……ッ、もう、いい、からっ……」

どうにも限界が近くなったらしい。

シリウスが耐えられないと言わんばかりにカタリナの頭に触れ、赤煉瓦色の髪を指で梳《す》きながら、唇を屹立から引き離してしまった。

唇が外れる瞬間、ちゅぽと淫らな音がして、テラテラと輝きながらそそり立つ肉杭と、カタ

リナの唇の間に、つうっと唾液の糸が繋がった。

カタリナは口元を指でぬぐいながらシリウスを見上げる。

「――下手だった？」

「ち、違う、よすぎて、出そうになったんだ……はぁっ……」

シリウスは大きく深呼吸すると、信じられないと言わんばかりに片手で目のあたりを覆った。

「カタリナがこんなことをしてくれるなんて……幸せ過ぎて怖いくらいだ」

「大げさすぎない？」

「大げさなんかじゃない。いや、本当に夢じゃないのか……？」

恐ろしく真剣な顔をしてとんちきなことを口走るシリウスに、カタリナは苦笑して床から立ち上がった。

「夢じゃないわよ、シリウス。私たち結婚して夫婦になったんだから。あなたが喜ぶことをしてあげたいって思うもの」

そっとシリウスの頭を抱きかかえると、

「ああ……そうか。夫婦なんだな」

彼は胸の間に幸せそうに顔をうずめ、カタリナの太ももの裏を引き寄せた。

「もう、濡れてる……」

シリウスの指が、カタリナの尻から秘部へと移動する。

「俺のを挟んで、興奮したのか？」

「……シリウスが気持ちよさそうだから……嬉しくなったの」

シリウスのたくましい首に腕を回しながら、カタリナはこくりとうなずいた。

彼のまっすぐで艶やかな黒髪が、肩や首に汗ではりついている。

普段はとても涼しそうにしているシリウスが、自分に興奮して体を熱くしているかと思うとたまらなく嬉しかった。

「カタリナ、俺の上に膝を立てたまま、座ってくれ」

「うん……」

シリウスに導かれるまま、両ひざを開いたまま膝に腰をおろすと、シリウスの指が丁寧に花弁をかき分け、蜜壺から溢れてくる蜜をすくい、花芽に丁寧にこすりつけはじめた。

「あっ……」

彼が指を動かすたびに、ちゅくちゅくと淫らな水音は大きくなっていく。

「あん、あっ、シリウスッ……」

「気持ちいい？」

シリウスがとろけるような甘い目で、カタリナを見つめながらささやく。

「んっ……」

こくこくとうなずくと、シリウスが嬉しそうに微笑む。

だが彼の指は決定的な強い快感をカタリナに与えてくれる気はないようだ。ただひたすら淡い快感だけをじわじわと指で与えるだけだった。

「シリウス……ッ」

焦れたようにカタリナが体をくねらせたが、彼は完全に立ち上がった自身の屹立の先端を、カタリナのへそに押し付けるだけだ。じらされているのかもしれない。

「そこじゃないわ……意地悪しないでよ……」

カタリナが半べそで唇を尖らせると、シリウスは少し困ったように眉尻を下げる。

「今入れたら、俺もすぐイキそうなんだ」

「一緒に、何度でも気持ちよくなったらいいじゃない」

カタリナはシリウスの両肩に手をのせたまま、こつんとシリウスの額に自分のおでこをくっつける。

お互いの影が映りこむほどふたりの瞳が近づいた。

「カタリナ……お前は本当に可愛すぎて、困るな」

シリウスはアイスブルーの瞳を甘くきらめかせながら、ゆっくりと呼吸を整えると、カタリナの腰を支えながら、自身の剛直に手を添えた。

「ゆっくり、腰を下ろせるか……？」

「やってみる……」

言われたようにカタリナはゆっくりと屹立の上に腰を下ろしていた。

「ん、んっあ……」

カタリナの蜜壺に飲み込まれていくシリウスの剛直は、今までかんじたことがないくらい大きかった。

「あ……あ、あっ……！」

普段とは全く違う感触に、カタリナは嬌声をあげる。

「まって、あっ……」

「いつもと違うところに当たるんだろう？　でも大丈夫だ、カタリナ……ゆっくり、奥まで……そう、ゆっくり……」

シリウスは剛直を飲み込み始めたカタリナの、張りのある丸いお尻を撫でながら、左右に秘肉を広げていった。

「あ、んっ、あっ、んんっ……」

カタリナは嬌声を上げながら最後まで腰を下ろし、ぺたん、とシリウスの太ももの上に座り込む。

全身に淡いしびれが走って、カタリナは体を震わせた。

「ああ……」

シリウスの膨れ上がった先端に、ぐいぐいと内臓を押しあげられているような気がして、カ

タリナは唇をはくはくと震わせながら、ゆっくりと息を吐く。

「全部、入った……?」

「ああ、入った。俺のモノを根元まで飲み込んでくれた。ありがとう、カタリナ」

シリウスはカタリナの腰に両腕を回し、ちゅ、ちゅっと額や顔にキスの雨を降らせる。

それからこつん、と額を合わせて嬉しそうに微笑んだ。

「お前と結婚できるなんて、俺は世界で一番幸せな男だ」

シリウスの瞳は、オイルランプの灯りにキラキラと反射しながら、幸福そうに輝いていた。

「それを言うなら私だってそうよ。シリウスに好きだって言われなかったら、未だにリーヴェン辺境伯の四男だったわ……」

そうして、クスクスと笑いながら、子猫がじゃれるように額を押し付けあっていると、温かく甘やかな気持ちが胸いっぱいに広がっていく。

「……カタリナ……好きだ」

シリウスがゆっくりと腰をゆらしながら、かすれた声でささやく。

「ん、私も……」

彼の腰の動きに合わせて、カタリナもゆっくりと腰を揺らしたのだが、いつもとは違うところに当たって、なんだかすぐにおかしくなってしまいそうだ。

気持ちがいい。

前後に腰を揺らすだけで、あちこちが痺れてぞくぞくと快感が込み上げてくる。

「ね、シリウス……私、もう……っ」

シリウスにねだるように顔を近づけると、

「ん？　ああ……触ってほしいのか」

シリウスはクスッと笑って、そっと一方の手を二人が繋がった部分へと伸ばし、たカタリナの花蕾をきゅうっと指先で挟み込んでしまった。

「あ、ひっ、あっ、あん、あっ……！」

いきなりの強い快感に瞼《まぶた》の裏に火花が散った。

思わず背中をのけぞらせるカタリナの白い首筋に、シリウスはかすかに笑いながら顔をうずめる。

「ああ……中がぎゅうぎゅうと締まったぞ、カタリナ。そんなによかったのか？」

「ち、が……もう、急に触るからっ……」

「じゃあ言ってから触ろうか。お前のこの可愛らしい真珠を、俺の指でこう、挟んで……男根のように、こすってやる。中が気持ちいいように突くのも忘れないぞ」

そしてシリウスは宣言した通り、指でカタリナの花芽をこすり上げながら、下半身を突き上げ始めてしまった。

「あ、あっ、あん、うそっ……あっ！」

いきなり激しく突き上げられて、カタリナは悲鳴をあげる。

「あ、やめ、あっ、やっ」

「いいから、感じるんだ、カタリナ。俺を見て、お前をよくしているのは夫になった俺、俺なんだ……！」

シリウスのたくましい肉体は、身じろぎするだけで筋肉が盛り上がり、カタリナの白い体を飲み込んでいく。

「ひ、あんっ、あっ……！」

突き上げられるたびにカタリナの喉から悲鳴が上がり、白く豊かな乳が踊るように跳ねる。

気持ちがいいが、強すぎる。

自分の体がどうなっているかわからない。

「まって、もっと、ゆっくり、あ、らめ、つよすぎ、あっ……」

強すぎる快感が波のように押し寄せてきて、舌が回らない。体をわななかせながらシリウスの首にぎゅうぎゅうとしがみつくと、

「勿論、俺はここを吸うことも忘れない。いい夫だろう……？」

シリウスは甘くささやきながら、カタリナの胸に顔をうずめて乳房を持ち上げると、硬くとがった胸の先を口に含み、強く吸い上げてしまった。

「んっ、あああっ、あーっ……！　や、ああっ……！」

頭のてっぺんに白い稲妻が落ち、全身を貫くような快感が走る。

胸が大好きなシリウスに、カタリナのそれはすっかりいじめられ慣れていて、強く吸われるともうたまらない。

全身のいたるところをシリウスに責められたカタリナは、そのまま激しく全身をわななかせると、ぐったりと背後に倒れこんでいた。

それなりに体力があると思っていたが、シリウスと体を重ねると自分もただの女なのではと実感する。

「はぁっ、はぁっ……」

シーツのひんやりした感触が気持ちがいい。

ぜえぜえと肩で息をするカタリナを見て、シリウスは満足そうに微笑むと、そのままカタリナに覆いかぶさって、額や頬に貼りついた髪を指で取り除き、額に口づけをおとす。

「悪いが、俺はまだだ」

「え……あ……」

相変わらずシリウスの肉杭は雄々しく立ち上がり、カタリナの中に収められている。

「あ、待って、でも私っ、――ああっ！」

もうちょっと休憩させてほしいと言いかけた瞬間、シリウスは上半身を起こしてカタリナの両膝の裏に手を当て、肩に担ぐようにして持ち上げてしまった。

そして高く持ち上げられたカタリナの腰を、膝立ちしたシリウスが容赦なく突き始める。

「ああ……お前の中がビクビクして、気持ちいい……っ」

シリウスが歓喜の声をあげ、ふたりの肌がぶつかる乾いた音が、寝室に響く。

「あ、ひ、っあ、ああっ……」

もうカタリナにできることなどなにもない。

ただシリウスに激しく求められて、淫らに腰を振り声をあげることしかできない。

「あんっ、あ、ああ……また、わたし、ああっ……」

強すぎる快感が恐ろしくて、シーツをつかみ悲鳴を上げる。

「カタリナ、俺のかわいいカタリナ……俺の子種を受け止めてくれっ……」

快感から逃れようとするカタリナの太ももをしっかりと抱き、シリウスは鋼のような肉杭でカタリナの狭い蜜壺をえぐり、弱いところを突き上げながら、黒髪を振り乱す。

シリウスの獣じみた凄絶な色気が、カタリナの理性をドロドロに溶かしていく。

これが自慰をしていたところを見られて、涙目になっていた男と同一人物だろうか。

カタリナは半ば意識を飛ばしながら、ぼんやりと夫の顔を見上げる。

「カタリナ、出すぞ、あっ、出るッ……！」

一瞬全身を強張らせたあと、シリウスは獣のようにぐぅっと喉を鳴らし、そのままカタリナの中に、ほとばしる情熱を吐き出したのだった――。

「死ぬかと思った……」

「悪かった。だからこっちを向いてくれ。これもすべてお前を愛おしく思うがゆえだ」

ちっとも悪びれていない口調だが、愛おしいと言われれば勿論悪い気はしない。

シーツにうつぶせになり羽根枕を抱えたカタリナをあやすように、シリウスが背後からのしかかってカタリナの首や背中に口づける。

「愛しさゆえに、こうなってしまうんだ」

「こう……？」

「ああ……こうだ」

シリウスがクスクスと笑いながら、腰を押し付ける。

体重がかからないように気遣ってくれているが、お尻のあたりに硬いものがぶつかる感触がある。

どうやら妻をもみくちゃにするほど抱いておいて、まだ満足していないらしい。

「――すぐに赤ちゃん、できる気がする」

フレイドの血はなかなか子を残しにくいのはわかっているが、ついそんなことを口走ってしまった。

「だといいな。お前に似た娘がほしい。嫁には出さん。フレイドの女王にしよう」

娘が欲しいから女王にしようまでが最短すぎて、カタリナはクスクスと笑い声をあげる。

「ふふっ……そんなこと言って気が早いわね」

肩越しに振り返ると、蕩けるような甘い目をしたシリウスと目が合う。

彼のアイスブルーの瞳に、カタリナの影が映っていた。

(私の王……私の夫……)

シリウスは確かに王になった。

だが王になればそれで終わりではない。

この国には多くの民が生きている。

十年、二十年、そして百年後の民たちにどう判断されるかは、これからの王の治政にかかっているのだ。

(私はこの人を一番近くで支える。これからも)

心の中で決意を新たにし、にっこりと笑うと、吸い寄せられるようにふたりの唇が重なり、そしてお尻に当たっていた彼のたくましい男根がぬるりとカタリナの秘部に滑り込んできた。

「あ……ん」

カタリナの唇から吐息が漏れる。

さんざん愛し合ったはずなのに、自分の体はもうシリウスを受け入れる準備をしているらしい。

明日、彼にフレイド騎兵団に入りたいと告げてみよう。

王妃が騎兵団に入るなんて前例はないだろうが、前例がないなら自分が作ればいいのだ。

「俺は、お前と一緒にいると、何でもできる気がするんだ」

シリウスが熱っぽい声でささやく。

「私もよ」

カタリナはゆっくりと目を閉じて、夫の愛を受け入れる。

そしてふたりの蕩けるように甘い夜は、続いていくのだった――。

あとがき

初めましてこんにちは、あさぎ千夜春と申します。

このたびは「殿下の子を産んでしまいましたが卵だったので、フロシキに包んで逃げようと思います　竜の卵は溺愛の証明」をお手に取ってくださり、ありがとうございました。略して卵フロシキ、楽しんでいただけましたでしょうか。だったらいいな〜。

タイトル長いですよね。昨今の流行といいますか、タイトルで中身を説明する系ではありますが、我ながら口当たりのよい（？）タイトルになったなぁと気に入っています。

剣と魔法、ドラゴンなどが出てくるファンタジーが大好きな私ですが、今回はドラゴンをお話の主軸にさせていただきました。挿絵にもドラゴンを描いていただけて、本当に嬉しかったです。

あまりにもかわいくてニヤニヤが止まりませんでした。撫でまわしたい。

今作のヒロインのカタリナは、おしとやかさのかけらもない、元気いっぱいで思い込んだら一直線な女性ですが、そういうヒロインだからこそ寡黙で真面目な（そしてむっつり）ヒーローのシリウスと、いいコンビになった気がします。

艱難辛苦をのりこえ結婚したというのに、今後もちっとも王妃の枠に収まりそうにないカタリナですが、シリウスはなんだかんだ言って許してしまうし、周りも「まぁ、リーヴェン伯の四男だし」と受け入れるんでしょうね。

また、ネイトやフィリップ、ルシアなど個性豊かな面々も、集まってわぁわぁさせるだけで楽しかったです。へへへ。

またフレイド王国のお話を書けたらいいな。


最後に。

イラストをご担当いただきましたウエハラ蜂先生、本当にありがとうございました。

カバーや挿絵、あまりの美麗さに拝むしかありませんでした。

ドレス、軍服ってほんとすてきだなぁ～！


ではまた、どこかでお会いできたら嬉しいです。

あさぎ千夜春

蜜猫 Mitsuneko Label

蜜猫文庫をお買い上げいただきありがとうございます。
この作品を読んでのご意見・ご感想をお聞かせください。
あて先は下記の通りです。

〒102-0075 東京都千代田区三番町8番地1三番町東急ビル6F
(株)竹書房　蜜猫文庫編集部
あさぎ千夜春先生 / ウエハラ蜂先生

殿下の子を生んでしまいましたが卵だったので、
フロシキに包んで逃げようと思います
竜の卵は溺愛の証明
2021年8月30日　初版第1刷発行

著　者　あさぎ千夜春　©ASAGI Chiyoharu 2021
発行者　後藤明信
発行所　株式会社竹書房
〒102-0075 東京都千代田区三番町8番地1三番町東急ビル6F
email : info@takeshobo.co.jp
デザイン　antenna
印刷所　中央精版印刷株式会社